Alfred von Hedenstjerna

Patron Jönssons Memoiren

Anlässlich des 60. Geburtstages

Übersetzt von Margarethe Langfeldt

Alfred von Hedenstjerna: Patron Jönssons Memoiren. Anlässlich des 60. Geburtstages

Übersetzt von Margarethe Langfeldt.

»Patron Jönssons memoirer«. Erstdruck: Stockholm, Geber, 1894. Hier in der Übersetzung von Margarethe Langfeldt, Haessel, Leipzig 1895.

Neuausgabe
Herausgegeben von Karl-Maria Guth
Berlin 2019

Umschlaggestaltung von Thomas Schultz-Overhage unter Verwendung des Bildes: Carl Larsson, Julaftonen (Ausschnitt), 1904

Gesetzt aus der Minion Pro, 11.8 pt

ISBN 978-3-7437-2914-8

Druck: Libri Plureos GmbH, Friedensallee 273, 22763 Hamburg

Die Deutsche Nationalbibliothek verzeichnet diese Publikation in der Deutschen Nationalbibliografie; detaillierte bibliografische Daten sind im Internet über www.dnb.de abrufbar.

Verlag: Henricus - Edition Deutsche Klassik GmbH
Mörchinger Str. 33, 14169 Berlin, info@henricus-verlag.de

Inhalt

1. Habe die Ehre mich vorzustellen

Ich sitze in meinem geräumigen Arbeitszimmer im ersten Stocke meines großen Hauses am Markt, und verwundere mich nicht wenig, nun da ich mein bisheriges Leben vor mir vorbeiziehen lasse.

Dort in der Ecke steht ein weiches Sofa mit schwellenden Kissen, hinter demselben eine kleine Säule und darauf eine kleine Statue, die 200 Kronen kostet. Teure Ölgemälde zieren die Wände, doch worin eigentlich ihr Wert besteht, weiß ich nicht. Und mein Fuß ruht auf einem weichen Smyrnateppich; auf solche Dinge verstehe ich mich und weiß, dass er echt ist.

Dieser Fuß trägt einen so blanken Stiefel, dass eine junge Fliege sich die Beine darauf verrenken müsste. Meine Beinkleider sind vom feinsten Tuche und mein Schlafrock kostet 95 Kronen.

Mein Name ist Nils Jönsson, Ihnen zu dienen.

Die Zigarre, die ich im Munde habe, kostet 20 Öre netto, und während ich sie langsam nach dem Abendessen aufrauche, ehe ich zu Bette gehe, schweifen meine Gedanken zu einem andern Heim hinüber, das mir einst ebenso lieb war wie mein jetziges, ein Heim tief innen im Walde mit niedrigen Türen und von Rauch geschwärzter Decke, mit schiefen Wänden und zerfetzten Tapeten, mit einem Brotspieße, auf dem harte Brotkuchen hingen, über dem Herde, und mit schwermütigen, ernsten, im Lebenskampfe früh gealterten Menschen in den Wandbetten.

Der eine war ein kleiner, gebrochener Mann mit gebräuntem, ängstlichem Gesichte und schmalen, gebeugten Schultern. Demütig blickten die hellblauen Augen, blitzschnell flog die Mütze von dem dünnen Haare, sobald er von einem Höherstehenden angeredet wurde, und wer war nicht ein Höherstehender in »Jöns im Hagens« Augen! Dünn und geflickt war die alte Soldatenjacke. Wie muss er in den kalten Wintern beim Steinbrechen im Dorfe in seinen groben Drillichhosen gefroren haben!

Ich kenne den Wert des Pfennigs, denn ich habe selbst während langer, mühevoller Jahre einen zum andern gelegt; aber 10.000 Taler wollte ich doch gern hingeben, wenn ich dich hier hätte, du alter, verarbeiteter, vom Alter gebeugter Tagelöhner, und ich dich in den weichen Stuhl setzen und meinen Schlafrock um deine magere Gestalt hüllen könnte … Die andere war eine abgezehrte Frau mit knochiger Gestalt und ergrautem Haar. Auch sie ging gebückt und aus der eingesunkenen Brust drang ein Husten, der mir noch jetzt, nach 50 Jahren das Herz zerreißt. Ich kann noch den zerrissenen grauen Kleiderrock vor mir sehen, wenn ich die Augen schließe, und ich fürchte, dass das gefurchte, in Vorzeit gealterte Gesicht selten ordentlich rein gewaschen war – und doch … und doch … Man könnte mir gern morgen mein großes Haus am Markte mit allem, was darin ist, nehmen, wenn ich sie nur heute Abend die Treppe herauftragen, sie vorsichtig ihrer Lumpen entkleiden, sie in mein eigenes weiches, warmes Bett legen, auf meine steifen Knie fallen und mein Haupt an ihrer Brust verbergen könnte ...

Auf der Bank und in der Kiste wimmelte es von kleinen, flachshaarigen, mageren Gestalten in groben, schmutzigen, zerrissenen Hemden, mit bleichen, so aufgedunsenen Gesichtern, wie sie es von beständiger Armenkost – wässerige Kartoffeln in Heringslake getaucht – werden.

Das eine dieser Gesichter ist dasselbe, das nun selbstbewusst aus dem großen Ölbilde im Boudoir meiner Frau von der Wand herabblickt. Die Wangen sind voller geworden und an Stelle des Wergleinenkittels ist ein Frack mit dem Wasaorden getreten. Und die andern?

Ja, ich bin ein wohlwollender Mann und gebe jährlich bedeutende Summen zur Linderung der großen Not aus, doch beim Kinderfeste auf dem Rathause, wenn ich als Mitglied der Direktion der Weihnachtszwerge[1] neben den andern Wasarittern stehe und von den vollen Weihnachtsbäumen nach rechts und links mit vollen Händen austeile, dann klingt meine Stimme oft schroff, mein Herz verhärtet sich und es legt sich mir ein Eisberg auf die Brust, wenn ich daran denke, welchen Jubel der tausendste Teil aller dieser Herrlichkeiten bei Jöns im Hagens Kleinen erregt haben würde und – dass sie eine solche Freude nie kennengelernt haben. »Ist es denn wirklich zu spät dazu?«

Ja, das ist es. Mia und Jakob sind tot. Johannes ist in Amerika untergegangen. Meine kleine Emma, meine Lieblingsschwester, ist als Wild auf dem Felde der Lüste, wo feine Herren die Töchter des Volkes jagen, unterlegen und ein geschütztes Nest, in dem sie sterben konnte, war alles, was Bruder Nils ihr hat bereiten können. Schwester Hanna lebt mit Mann und Kindern, aber ein Leben, das sie so verdorben hat, dass jede Unterstützung von mir durch die dritte Hand gehen muss und von liebevollen Worten und persönlichem Zusammentreffen nicht die Rede sein kann.

Weiß nicht, weshalb meine Gedanken heute Abend so zwischen meinem Heim am Markte und der grauen Hütte im Hagen hin und her irren. Vielleicht liegt es daran, dass meine Frau heute aus Stockholm, wo sie unsern ältesten Jungen besucht, geschrieben hat und in ihrem Briefe so viel von einem Feste redet, das wir in vier Wochen zu Ehren meines Geburtstages geben wollen.

Sechzig Jahre! Ja, das ist unbestreitbar einer jener Meilensteine, auf dem der müde Wanderer mit den steifen Beinen sich gern ein Weilchen ausruht und sein Bündel alter Erinnerungen aufknüpft.

Es liegt so viel zwischen der kleinen grauen Waldhütte und dem großen, weißen Hause am Markte. Und der kleine, mit Salzkartoffeln großgemachte Bube im Wergleinenkittel hat auch

1   Jultomter = Weihnachtszwerge. Ein Kinderfest mit Weihnachtsbaum, Musik und Tanz, bei dem eine gewisse Anzahl armer Kinder eingekleidet wird.

viel durchmachen müssen, ehe er in der Lage war, in Prima-Öl-farbe mit Frack und Orden von der Boudoirwand einer feinen Dame – seiner eigenen Frau – herabblicken zu können.

Und meine Alte kommt erst in 14 Tagen wieder und mein Geschäft geht nunmehr seinen ebenen Gang, ohne dass der Senior der Firma auf dem Comptoirstuhle sitzt.

Ob ich es versuche, in aller Einfachheit niederzuschreiben – – Welch hirnverbrannte Idee! Wenn ich doch begreifen könnte, was hier zu Ende des Jahrhunderts eigentlich in der Luft liegt! Außer einer ganzen Menge Freisinn und Unglauben, Elektrizität und Sozialismus, Trikot- und Varietétheater, praktischen Erfindungen und vielen recht unmoralischen Dingen, auch noch eine ganz erschreckende Schmierwut! Hat nicht mein eigener Sohn und Kompagnon, meine rechte Hand im Geschäft, der jetzt beinahe alle meine Unternehmungen selbstständig leitet, zwei ganze Spalten unserer Zeitung über die Wasserleitungsfrage eingeschickt und drucken lassen! Und meine Kleine schreibt auch gern; sie hat Weihnachten wirklich allerliebste Julklappenverse gemacht.

Kurz vor Weihnachten komme ich eines Tages ins Comptoir und sehe den jungen netten Broqvist zehn Minuten nach beendigter Comptoirszeit noch an seinem Pulte sitzen und ein Papierstück mit kurzen, ungleichen, unordentlichen Reihen beschreiben.

»Was in aller Welt ist dies für eine Faktura?«, frage ich. Broqvist wird blutrot und schiebt das Papier unter das Kontrabuch.

»Was haben Sie hier vor, mein Herr?«, frage ich.

»Entschuldigen Sie, Herr Großhändler; ich bin mit meiner Arbeit fertig, und so … und so blieb ich sitzen und dachte … und dachte … Sehen Sie, Herr Großhändler, Sie wissen ja, dass ich verlobt bin … und das war … das war ein Versehen.«

Nun, ich sehe ihn ja fast wie mein eigenes Kind an, und ich ließ denn auch nicht nach, bis er mir die Ordrekopie zeigte. Recht nett, wirklich recht pfiffig ausgedacht! Nicht, dass ich von solchen Dingen etwas verstehe, aber davon bin ich überzeugt, hätte der junge Broqvist Zeit und nicht wichtigere Dinge zu besorgen, so könnte er ebenso gut eine Gedichtsammlung herausgeben wie mancher andere.

Sollte die allgemeine Schreibsucht auch mich angesteckt haben? Es fehlt mir ja an so unendlich Vielem, um ein richtiges, wirkliches Buch schreiben zu können. Unter andern »die erhabene und freie Weltanschauung«, die, wenn ich die gelehrten Herren im Ratskeller recht verstanden habe, durchaus notwendig ist, wenn das Buch gut und modern sein soll. Ich glaube eigentlich nicht, dass derjenige, der zu Ende dieses Jahrhunderts ein gutes, leicht verkäufliches Buch schreiben will, überhaupt an etwas glauben darf. Ausgenommen an seine eigene Genialität natürlich! Und ich glaube an so vieles! An die Zahlen meines Hauptbuches, an die Liebe meiner Alten, an meine Kinder und an unsern alten Kassierer Palm! Und vor allem an Gottes Güte.

An Gott, ja … armer Nils Jönsson, an ihn hast du leider nicht so viel gedacht, wie du es hättest tun müssen! Doch ich bin zu ungebildet, um mich auf die Spitzfindigkeiten religiösen Zweifels einlassen zu können, und habe zu oft die Hand des Herrn in meinem Schopfe gefühlt, als dass ich nicht aus vollem Herzen an ihn glauben und ihm für das, was er aus Nils Jönsson gemacht hat, dankbar sein sollte!

Es gibt einen alten Vers, den wir in der Volksschule lernten und auf den ich damals weiter kein Gewicht legte, doch an den ich später, als ich anfing, vorwärts zu kommen, so oft habe denken müssen.

Ich habe mich schon so in meine Schriftstellerrolle hineingelebt, dass ich selbst einsehe, wie unpassend, naiv und altmodisch es ist, den alten Gesangbuchvers in einem weltlichen Buche zu zitieren, aber ich denke auch daran, dass mein ganzes Leben ein Beweis für die Wahrheit desselben ist, und deshalb muss ich in »Patron Jönssons Memoiren« daran erinnern, dass:

> Es sind bei Gott ja leichte Sachen,
> Dass er den Armen machet reich,
> Den Reichen dafür arm zu machen,

Den Großen und den Kleinen gleich.
Er ist der rechte Wundermann,
Der alle Dinge ändern kann!

2. Wie ich anfing mein Brot zu verdienen, meine

Eltern verlor und verauktioniert wurde

Meine frühsten Erinnerungen sind mit Arbeit verknüpft. Mein
Sohn, der als Arzt beim Serafimerlazarett in Stockholm angestellt
ist, war 32 Jahre alt, als er anfing sein Brot zu verdienen; sein
Vater war eben 8 geworden. Ich glaube, dass das Erstere vielleicht
ein bisschen zu spät und das Zweite wohl reichlich früh ist.

Es fiel jedoch niemand ein, darüber zu sorgen, dass ich schon
so früh verdienen musste; die Freude war bei uns zu Hause im
Hagen unbeschreiblich, als ich meinen ersten Platz bekam, größer
als in einer Rittergutsbesitzerfamilie, wenn die Nachricht einläuft,
dass der Herr Sohn als Offiziersaspirant bei einem Garderegimen-
te aufgenommen worden ist. Doch nichtsdestoweniger war der
Gedanke an diesen Platz in meinem Kinderherzen auch mit der
größten Angst verbunden.

Unten im Dorfe herrschte, wie dazumal an vielen Stellen, keine
genaue Hufenteilung. Seinen Acker hatte natürlich jeder von alters
her für sich, doch die Außenfelder waren Gemeindegut, die
Wiesen wurden gemeinsam gemäht und das Heu im Herbst
zwischen den Hofbauern geteilt, und zwischen den verschiedenen
Feldern gab es weder ein Staket noch einen Scheidegraben. Im
Hochsommer weideten alle Dorfkühe in dem großen Gemeinde-
walde, aber zu Anfang September, wenn das Meiste schon einge-
erntet war, wurde das Vieh in das Gehege, das die Äcker rund
herum einfasste, gelassen, und musste dort die Stoppeln und die
zwischen den Feldern liegenden Grasstreifen abweiden. Dann
wurde ein Hütejunge angestellt, der aufpassen musste, dass die

Kühe sich nicht an dem noch stehenden Korne gütlich taten oder in die Kartoffeln liefen.

Wir waren fünf Aspiranten und der bedeutendste unter uns war der vorjährige Hütejunge, Nilssons Katharinas Johannes, ein elfjähriger Schlingel, der selbst eine Peitsche mit Rosshaarschnur besaß. Aber er wollte, außer Essen und freier Disposition über die alte Pferdedecke auf dem Heuschober, wo der Hütejunge schlafen musste, auch noch seine Stiefeln besohlt und ein ganzes Pfund Wolle zu Strümpfen haben.

Es tut mir wohl, sagen zu können, dass die haarsträubenden Ansprüche des Jungen, oder richtiger seiner Mutter, im ganzen Dorfe, sogar in den Häusler- und Tagelöhnerkreisen allgemeinen Unwillen hervorriefen; es handelte sich ja nur um eine fünfwöchentliche Arbeit!

Der zweite Aspirant war ein junger Mann mit Namen Gustav aus Follen, ein großer, starker Bube, zwischen neun und zehn Jahre alt. Er pflegte mich in der Schule bei jeder Gelegenheit durchzuprügeln. Aber seine Mutter stand in dem Rufe, einen pikanten Sport – Diebsmelken – zu betreiben, und so ward er zurückgewiesen.

Der Nächste wurde allgemein der Tierquälerei beschuldigt, und der vierte Aspirant war ebenso klein und mager wie ich, und die Wahl fiel auf mich Glückspilz.

Ich bin später sowohl zum Stadtrat wie zum Landtagsabgeordneten gewählt worden, war Mitglied einer Deputation an den König, habe unsern neuen Pastor eingeführt und zweimal mit dem Kronprinzen gesprochen; doch nie habe ich ein solches Herzklopfen gespürt wie damals, als mich der Schulze an der Schulter packte und sagte:

»Bist du gut gegen das Vieh?«

»Ja.«

»Und gehst nicht auf die Äcker und stiehlst Erdäpfel.«

»Nee, Gott soll mich davor bewahren!«

»Und machst keine Prätentionen auf Wolle und Stiefelsohlen.«

»Nein, gewiss nicht!«

»Dann kannst du Montag um sieben Uhr kommen.«

Gott sei Dank! So brauchte Mutter denn, fünf Wochen lang, das Brot und den Hering weniger knapp einzuteilen, und die kleinen Geschwister konnten mittags vier Kartoffeln statt der gewöhnlichen drei bekommen! Ich hätte vor Glückseligkeit schreien mögen, wenn mir die grässliche Angst nicht die Brust zusammengeschnürt hätte, die Angst vor – dem großen, bösen Dorfstier. Seine Augen funkelten, und er wühlte mit seinen Hörnern den Boden auf, sobald er nur einen Menschen von Weitem erblickte, und dieses Untier sollte ich kleiner Knirps aus dem Hafer und den Kartoffeln treiben!

Ich hatte ein Paar neue Holzschuhe bekommen, und als ich am Montag mein Amt antreten sollte, band Mutter ein Ende Segelgarn an eine Haselrute, damit es mir nicht an einer Hirtenpeitsche fehle. Mit klopfendem Herzen ging ich die Dorfstraße entlang, lange vor der bestimmten Zeit natürlich, und klatschte mit meiner Peitsche, um mir Mut zu machen.

Und dann wurden alle Kühe herausgelassen, jede aus ihrer Stalltür, und aus Gustav Jonssons Stall, der in diesem Jahre den Dorfstier stellte, kam der Gefürchtete.

»Du fürchtest dich doch nicht vor Olle, mein Junge?«, fragte Gustav Jonsson.

»Nee … nee … gar nicht«, stotterte ich und dabei klapperten mir vor Angst die Zähne.

Die ersten Stunden ging alles gut. Die Tiere hatten bisher im Walde geweidet, wo das Gras knapp war, und gaben sich nun, unter so wenig Umherstreifen wie möglich, dem genussreichen Schwelgen auf den fetten Grasstreifen hin. Doch gegen Mittag, als sie anfingen satt zu werden und ihre Bäuche so rundlich waren, wie der eines Dragoners am Schlusse einer Bauernhochzeit, wollten sie natürlich auch ein bisschen spazieren gehen, und bald stand Olle mitten in einem Haferfelde und beschnupperte die Ähren.

Was war zu tun? Jagte ich ihn aus dem Felde, so war mein Tod so gut wie gewiss, und jagte ich ihn nicht fort, so würde ich selbst natürlich aus Amt und Brot gejagt werden. Beim Hausverhör hatte ich den Pastor sagen hören, in der Stunde der Not sollte man beten, zu Gott beten. Ja, das wollte ich tun, aber sowohl das Vaterunser wie der apostolische Segen, die mir beide für diese Gelegenheit am geeignetsten erschienen, verwirrten sich dermaßen in meinem Kopfe, dass ich mich nicht einmal auf die Anfangsworte besinnen konnte. Ich faltete die Hände und am ganzen Leibe zitternd näherte ich mich langsam Olle und begann:

»Gott, der du die Kinder liebst ...«,

ja, dann wusste ich nicht weiter.

Jetzt riss der Entsetzliche eine ganze Hafergarbe aus und schleuderte sie hoch in die Luft, dass die Halme weit umher verstreut wurden. Mir wurde es schwarz vor Augen und laut weinend rief ich:

»Gott, mit reichlich Trank und Speise
Stärkst du uns hier im Erdenleben – –

Fort mit dir, willst du gehen, du Scheusal!

Lass uns stets zu deines Namens Preise
Mit Maß genießen, was du uns gegeben!

Hoj – ja, ja. Du! Hinaus mit dir!«

Olle hob verwundert den Kopf und betrachtete das kleine, weinende Menschenkind. Dann brummte er mitleidig: »Mu-u-u-uh!« und ging freiwillig aus dem Hafer.

Die fünf Großbauern sollten mich jeder eine Woche beherbergen und beköstigen. Wenn die Woche zu Ende war, musste ich mit meiner alten Pferdedecke abziehen und mich auf einen anderen Heuboden einquartieren. Den Abend schlief ich stets hungrig ein. In dem Hause, das ich verlassen sollte, sagte die »Mutter« stets:

»Geh nun, Junge! Du wirst dort wohl Abendbrot bekommen.«
Und wenn ich in dem andern Hause ankam, so hieß es ebenso
gewiss:

»Geh nun und leg dich, Bub'; Abendbrot hast du gewiss schon
gegessen.«

Und ich sagte beide Male ja, obwohl ich mir die Finger vor
Hunger hätte abbeißen mögen.

Im folgenden Winter habe ich mir nur selten einen Mund voll
Essen verdienen können, aber im Frühling konnte ich doch schon
bei allerlei Arbeit zur Hand gehen. Einige Tage in der Woche
musste ich auch zur Schule – damals waren wir in der ersten
Periode unseres jetzt so berühmten Volkschulwesens – und als
der Saft in die Birken trat und die Rinde sich von den feinen
Reisern loslöste, saß ich draußen am Abhange und band
Schaumbesen, die ich dann in den Häusern zum Verkauf anbot.

»Gib zwei oder drei Stück her! Deine Mutter soll dafür einen
Teller Suppe haben, wenn sie hier vorbeikommt«, sagten die
Bauernfrauen.

Auf dem Gutshofe aber gab man mir Butterbrot und so viel
Milch, dass ich mich einmal richtig satt trinken konnte, auch ein
Geldstück erhielt ich, und bisweilen stand die Tür des Esszimmers
auf, so dass ich die Erzieherin Klavier spielen hörte. Es war eine
feine Mamsell, schön wie der Tag und jung und freundlich.
Einmal kam sie in die Küche, redete mich freundlich an, strich
mir über das Haar und gab mir ein Vierschillingstück. Ich
reichte ihr sogleich vier meiner besten Schaumbesen, doch sie
schüttelte wehmütig den Kopf und sagte: »Vielen Dank, mein
kleiner Freund, es wird noch viele Jahre dauern, ehe ich deiner
Besen bedarf!« Ich wette, dass sie einen wusste, dem sie am
liebsten gleich ein Gericht Essen gekocht hätte.

Im Sommer wurde ich bald hier, bald da beschäftigt, und im
Herbste war ich wieder Hütejunge. Meistens diente ich nur für
Beköstigung, doch, wenn es mir richtig glückte, erhielt ich wohl
ein altes Kleidungsstück oder einige Schillinge für mehrwöchent-

liche Arbeit. War das Letztere der Fall, so geriet ich vor Freude beinahe außer mir, ich sang und trillerte auf dem Heimwege so, dass die Meinigen mich schon aus weiter Entfernung kommen hörten. Einmal hatte mir ein Handelsreisender, dem ich drei Tage hintereinander das Pferd gehalten und das Tor geöffnet hatte, ein Zwölfschillingstück geschenkt. Ich kaufte dafür eine Kruke Honig, die ich meiner Mutter für ihre kranke Brust geben wollte, ich selbst wollte nichts davon haben, Mutter sollte alles allein essen.

Mein Heimweg war wohl zehn Kilometer lang, doch nur ein einzig Mal konnte mein Kindergemüt der Versuchung nicht widerstehen; ich tauchte den Zeigefinger tief in die Kruke und leckte ihn dann so langsam ab, dass es wohl eine halbe Stunde in Anspruch nahm. An dem Abend hat meine Mutter mich zum ersten und einzigen Male im Leben geküsst; dergleichen ist sonst bei armen Leuten nicht Brauch.

Doch ihr Husten nahm zu und die Not im Hause auch, denn Mutter konnte bald nicht viel mehr ausrichten. Und als ich an einem Winterabende kurz vor Weihnachten vom Gutshofe, wo ich die Dreschmaschine gefahren hatte, nach Hause kam, war es so ungewöhnlich ruhig und still bei uns in der Stube. Die Geschwister schlichen auf den Zehenspitzen einher und Vater saß, das Gesicht in den Händen verbergend, auf der Kiste. Auf dem Bette lag ein reines, weißes Laken, auf dem sich einige scharfe, spitze Konturen abzeichneten. Mutter war nicht da. Ich fühlte, wie mein Herz sich krampfhaft zusammenzog, ich stürzte auf Vater zu und rief:

»Herr Jesus, wo ist Mutter?«

Da richtete Vater sich auf und sagte leise:

»Mutter ist tot.«

Der Preis eines einzigen der vielen Luxusgegenstände in meinem Hause, die ich hier von meinem Schreibtische aus sehe, hätte ihr Leben um viele Jahre verlängern können. Doch was hätte es genützt? Welche Freude hatte sie vom Leben?

Ich habe nie ein Zeichen von Liebe zwischen meinen Eltern austauschen sehen. Es vergingen oft Wochen, in denen sie kaum 50 Worte wechselten. Und am Beerdigungstage waren Vaters Augen trocken, selbst da, als er mit eigener Hand den Deckel auf dem Sarge festnagelte. Und als Gustav im Backen zu ihm sagte: »Armer Jöns, nun musst du dich ohne Frau behelfen«, antwortete er nur: »Trinkt einen Schnaps, Freunde; Ihr müsst ja Martha den langen Weg schleppen.« Ja, in den Augen der Welt waren meine Eltern nichts weiter als zwei an eine Deichsel gespannte Arbeitsgäule!

Und doch ist es nur zu gewiss, dass Vater sich über Mutters Fortgang zu Tode grämte. Ich glaube jedoch, dass er es sich selbst nicht klar machte. Er wurde nur immer magerer, gebeugter und elender. Früher hatte er selten etwas gesagt, jetzt öffnete er beinahe nie mehr den Mund, und drei Monate nach Mutters Tode war es mit ihm zu Ende.

Mia und Jakob waren schon vor den Eltern gestorben. Von uns Überlebenden war ich, der Älteste, eben elf Jahre alt geworden, Hanna war neun, Johannes sieben und Emma drei Jahre alt.

Eine Nachbarin kam, um uns und das Haus in Ordnung zu halten, und am nächsten Tage erschien der Vorsteher der Armenordnung. Er besah uns, die Töpfe auf dem Herde, Vater, der noch im Bette lag, kratzte sich den Kopf und sagte:

»Hier muss Auktion abgehalten werden!«

»Oh, diese Sachen werden wohl nicht viel einbringen«, warf die Nachbarin ein.

»Ich meinte, natürlich, über die Kinder auch!«

Die Worte stehen mit Flammenschrift in meiner Erinnerung eingegraben, obgleich ich ihre Bedeutung damals noch nicht verstand. Doch ich sollte sie verstehen lernen!

Ich kann mich kaum darauf besinnen, wann und wie Vater in die Erde kam, aber ich weiß, dass am selben Abende, einem regnerischen, unfreundlichen Aprilabende, unsere ganze Stube voller Leute war. Sie sagten nicht Guten Abend und sprachen kein Wort mit uns, sondern zischelten nur untereinander. Hanna und Emma krochen erschreckt ins Bett und fingen an zu weinen, während Johannes hinauslief. Ich wusste nicht, was uns bevorstand; ich hatte keinen klaren Begriff über unsere Lage; ich wusste nur, dass Vater und Mutter fort waren und ich, der Älteste, ganze elf Jahre alt war. In meinem armen, beklemmten Kinderherzen erwachte auf einmal neben der verzehrenden Angst ein wunderliches Gefühl, das Bewusstsein der Verantwortlichkeit, der Pflicht, meine kleinen Geschwister zu schützen und selbst jeder uns drohenden Gefahr entgegenzutreten. Und dieses Gefühl trieb mich vorwärts, ich trat zu den Fremden und sagte demütig und bebend:

»Was wollt Ihr hier, gute Leute?«

Der Armenordnungsvorsteher schlug sich aufs Knie und grinste:

»Hör' einer den Herrn! Er ist natürlich der Dragoner vom Freihofe hier in der Stube! Ja, ja, der Älteste muss natürlich alt sein, und alt macht weise!«

Die andern lachten. Mein Mut war zu Ende; ich kroch zu meinen Schwestern ins Bett und weinte.

»Nehmen wir zuerst die Sachen oder die Krabben, Vorsteher?«, fragte Gustav Jonsson, der mir als Stierhalter von meiner ersten Hüteperiode her bekannt war.

Der Vorsteher hustete und setzte eine wichtige Miene auf.

»Ja seht, Freunde, ich habe diese Auktion nicht von der Kanzel verkündigen lassen, sondern nur einen Boten im Dorfe umhergeschickt, denn hier ist fast gar nichts. Bietet jeder von uns auf ein Stück und jeder fünfte auf eines der Gören, so haben wir im Handumdrehen reellen Ausverkauf, wie Högbacka-Masse sagte, als er auf dem Stolpepuermarkt verbotenerweise Branntwein zum Kaffee verkaufte. ›Und jetzt geht's los‹, sagte der Schulze und gab seiner Frau am Heiligabend eins an die Ohren. Um drei Monate müsst Ihr bezahlen; das Geld kommt in die Armenkasse. Aber das sage ich Euch, stüberweise wird hier nicht geboten, das kleinste Angebot ist ein Schilling. Wir fangen jetzt mit dem Dreifuße an, das soll Glück bringen.«

So wurden denn die alten Sachen, die zusammen unser Heim gebildet hatten, Stück für Stück versteigert. Die schlechten Stühle, die schwarze Bratpfanne, der wackelige Tisch; so schlecht sie auch aussahen, uns waren sie lieb und wert. Als Mutters Gesangbuch, in dem sie in ihrer letzten Leidenszeit so viel gelesen hatte, für sechs Schillinge fortging, schmiegte ich mich dichter an Hanna. Meine Tränen flossen, doch ich schwieg. Wie hätte ich es auch verhindern können. Gleich darauf trat die Käuferin, Märtha aus Kroken, eine alte Frau, die selbst zu den Ärmsten in der Gemeinde gehörte, zu uns, gab Hanna das Buch und flüsterte:

»Nimm es, Dirn'! Deine Mutter bekam es, als sie zum Pastor ging, und wir standen zusammen vor dem Altar.«

Als alles verkauft war, richteten sich alle Blicke auf uns, die wir zusammengekauert im Bett saßen.

»Der Junge ist artig und gutwillig, hat auch schon ein wenig ›schaffen‹ gelernt. Man kann ihn für dreißig Taler jährlich nehmen. Hopsa, Kerle, jetzt bekommt Ihr Geld und braucht nicht den Beutel zu öffnen. Dreißig Taler für den Buben! ›Nun auktionieren wir auf andere Weise‹, sagte der Kirchenvorsteher in Brohult, als er betrunken war und seinen eigenen Reiserock auf den Auktionstisch legte.«

»Für vierzig will ich ihn nehmen«, sagte eine Stimme.

»Schäm dich, Lasse Westregård! ›Du missverstehst die Bedeutung einer Auktion‹, wie der Advokat zu Joni Leaba sagte, als sie ihm sein Haus verkauft hatten und er das Geld dafür haben wollte. Der Bub' ist artig und nett, gibt einen guten Kleinknecht, lügt nicht und stiehlt nicht. Für dreißig nehm' ich ihn selbst.«

Da ich nun diese ersten Worte, die öffentlich zu meinem Lobe gesprochen wurden, niederschreibe, verjagt ein Lächeln den Tränenschleier, der jetzt noch, nach 49 Jahren meine Augen bei dem Gedanken an jenen Tag trüben will. Wisst ihr weshalb? Ja, ich vergleiche sie mit den öffentlichen Lobesaussprüchen, die ich das nächste Mal einheimste. Das war bei der Stadtverordnetenwahl vor zwanzig Jahren. »Der Mann der vielseitigen Kenntnisse, der tüchtigen Kraft, des lebendigen Interesses für das allgemeine Beste«, hieß es da. – Nun, beide Male blieb die Reklame nicht ohne Wirkung. Ich wurde vor zwanzig Jahren zum Stadtverordneten gewählt, und vor neunundvierzig Jahren erstand mich Jösse vom Nordhofe für 23 Taler und 12 Schilling Reichsmünze auf der Auktion.

Dann kam Hanna an die Reihe. Auch ihr gab der Armenordnungsvorsteher das beste Zeugnis. Wolle karden und für den Webstuhl spulen konnte sie. Sie lernte außerordentlich leicht und würde daher bald mit der gemeinen Volksschule fertig sein, diesem neumodischen Einfall, dieser Dummheit, die man dem Landvolk als Strafe für seine Sünden aufgehalst hatte.

»Steh' auf, Dirn, damit jeder sehen kann, wie grobknochig du bist. Das Federvieh besorgen und die Ferkel abends in den Stall bringen wird sie schon diesen Sommer können. Aber sie ist noch klein, und geht deshalb nicht so gut wie der Junge. Für *sie* kannst du 40 bieten, Lasse Westregård.«

»Siebenundvierzig Taler, 36 Schilling ist mein Angebot«, ertönte eine Stimme von der Tür her.

»So teure Frauenzimmer gibt es auf dem Dorfe nicht, Lars Penan'! Das mag der Preis für Theaterdirnen und Tanzmamsells sein, die dir in Stockholm, als du noch Zimmermann warst, so gefallen haben. Eine Tagelöhnerdirn' muss billiger sein. – Sagst du 42, Andreas? Hol mich der Teufel, wenn wir von Armenordnungswegen einen Pfennig über 40 geben! Der verfluchte Jösse im Hagen ruiniert uns ja mit seinen vielen Gören! Wollen wir es 40 sein lassen, Andreas?«

»Ja–a–aa! ›Schlag zu, wenn du's wagst‹, sagte die Alte zur Ziege.«

»Glück zu, Andreas! Verbrauch' sie mit Gesundheit. Nun kannst du sie zuerst sechs Jahre als Kleinmagd haben und gehörig an ihr verdienen, wenn sie konfirmiert ist, denn aus der Dirn' wird eine ›proppere‹ Großmagd. Ja, ja, du hast dich immer auf Frauenzimmer verstanden.« –

Wer unsern Bauernstand kennt, der weiß, dass hinter diesen herzlosen, verletzenden Reden, diesem vollständig gleichgültigen Verauktionieren der hilflosen Waisen durchaus keine Herzlosigkeit und gemeine Denkweise lag, wie der Gebildete, der nicht mit dem Volksleben der damaligen Zeit vertraut ist, es gewöhnlich annimmt. Eines oder das andere der so verauktionierten Kinder wurde wohl schlecht behandelt, wäre es aber auch worden, wenn die Form des »in Pension geben« weniger abstoßend gewesen wäre. Ich will damit durchaus nicht entschuldigen was unverantwortlich ist und bleibt, ich will nur, dass man sich die Sache nicht schlimmer denken soll, als sie es wirklich war. Keiner von uns Geschwistern wurde absichtlich schlecht behandelt. Wir bekamen natürlich die schlechtesten Bissen aus der Schüssel, die vertragensten, zerlumptesten Kleider und mussten, trotz unserer schwachen Kräfte hart arbeiten, doch die eigenen Kinder der Bauern hatten es darin nicht besser. –

Hanna zog sich das Kopftuch tiefer ins Gesicht, warf noch einen Blick auf das Bett und setzte sich dann auf die Türschwelle. Ein instinktartiges Gefühl schien ihr zu sagen, dass sie nicht länger hierher gehörte.

Ich bin überzeugt, dass bisher keiner der anwesenden Väter und Mütter – die alte Martha ausgenommen – die geringste Beklemmung bei dem traurigen Akte empfunden hatte. Doch als die Nachbarin ans Bett trat, Klein-Emma in ihre Arme nahm und sie mit den Worten »So, jetzt kommst du!« mitten auf den Fußboden stellte, wurde es auf einmal mäuschenstill in der Stube.

Sie war kaum drei Jahre alt und ein wunderhübsches Kind. Reiche goldgelbe Locken umrahmten ein Gesicht, das trotz der schlechten Nahrung rund und rosig war, und die großen blauen, strahlenden Augen blickten so fragend, verwundert und überirdisch, dass man unwillkürlich an Gottes Engel denken musste.

Gustav Jonssons räusperte sich, spuckte in die Herdecke und sagte leise:

»Die ist aber klein!«

Und der Vorsteher legte unwillkürlich den Hammer hin und sagte in gewöhnlichem Tone:

»Sie ist die Jüngste und macht am meisten Arbeit. Sechzig Taler ist sie unter Brüdern wert, aber kein Mensch weiß, wie es seinen eigenen Kindern noch einmal gehen kann, und deshalb biete ich 50. Will jemand sie für noch weniger nehmen, so habe ich nichts dagegen.«

Niemand wollte es.

Klein-Emma! Wohl war das Brot trocken, das Kleid dünn und das Bett hart im Hause des Vorstehers, doch du gediehest dabei, du wuchsest auf wie die junge, schlanke, weiße Birke im Hagen, freutest dich deines Lebens wie eine Lerche und glichest einem sonnigen Maitage. Als du zum zweiten Mal »verkauft« wurdest, ging es dir schlechter, denn unter dem feinen Tuchrocke des Käufers klopfte ein schlechteres Herz als unter der groben Jacke des Vorstehers. Und wenn ich nun an dich denke, so will ich dich weder in deiner frischen Jugendschönheit, die dein Verderben war, vor mir sehen, noch mich daran erinnern, wie du, den Tod im Herzen, zu Bruder Nils kamst. Nein, ich will deiner gedenken, wie du als liebliches, kleines Kind mit einem Blicke harte Herzen erweichtest; ich will dich vor mir sehen, wie du warst, als du für fünfzig Taler verauktioniert wurdest ...

Es war, als atmeten die Versammelten erleichtert auf. Der Vorsteher wechselte den Ton und sagte:

»»Ja nun, liebe Freunde, ist der Ball zu Ende‹, sagte Jödde Bäckhult und tanzte aus der Stalltür!«

»Bist du verrückt, Vorsteher!«, schrie Jösse vom Nordhofe. »Es ist ja noch ein Bub' da!«

»Kreuz noch einmal! Wo steckt er?«

Das war ein Suchen nach Johannes! Endlich wurde der heulende und sich heftig sträubende Junge aus dem Holzstalle gezogen. Er leistete den größten Widerstand und betrug sich bei näherer Besichtigung so wenig zu seinem Vorteile, dass er der Armenordnung dadurch kostspieliger wurde und sie ihn einige Taler höher veranschlagen musste, als nötig gewesen wäre, wenn er sich ebenso ruhig wie wir andern verhalten hätte. Jetzt wurde er trotz seiner sieben Jahre ebenso teuer bezahlt wie Emma. Der Gemeindedragoner Tapper Nr. 81 erstand ihn für 50 Taler. Jetzt war die graue Hütte richtig ausverkauft.

»Nun könnt ihr einander Adieu sagen!«, ermahnte der Vorsteher.

Ich trat zu meinen Geschwistern und reichte erst Hanna und darauf Johannes die Hand. Doch als ich nun auch von Klein-Emma Abschied nehmen wollte, konnte ich mich nicht länger beherrschen und brach in ein krampfhaftes Schluchzen aus.

Die Männer wandten sich ab, und es wurde wieder so eigentümlich still in der Stube. Jeder mochte wohl fühlen, dass ein »erlösendes Wort« nötig sei. Schließlich sagte Lars Westergård:

»Häusler dürften eigentlich nie das Recht haben, einen so verwünscht großen Haufen Gören zu hinterlassen!«

Doch diese gesunde, vom Standpunkt der Nationalökonomie aus durchaus richtige Ansicht fand vor Kroken-Märthas Augen keine Gnade. Die Alte – sie war es, die Hanna Mutters Gesangbuch geschenkt hatte – war schon im Begriffe nach Hause zu gehen, wandte sich aber in der Tür noch einmal um und sagte:

»Du solltest dich schämen, Lars Westergård. Das weiß unser Herrgott besser.« –

Jösse vom Nordhofe hatte, außer mir, auch noch unsern Topfhaken, unsern Hammer und unsern Wassereimer gekauft. Den Hammer steckte er in die Rocktasche, und den Topfhaken legte er in den Wassereimer. Den letzteren gab er mir zu tragen.

»Komm nun, Junge!«

Als wir den Hügel hinuntergegangen waren, wandte ich mich noch einmal um. Der Platz vor der Hütte war beinahe leer, die meisten waren schon gegangen, und der Vorsteher war gerade beschäftigt, ein Hängeschloss an der Tür anzubringen.

Wie alt und grau, wie niedrig und klein, wie hässlich und verfallen die Hütte aussah!

Doch sie hatte, so klein sie auch war, einst sechs Herzen beherbergt, die einander liebten, wenn auch nie ein Wort davon über ihre Lippen kam, sie hatte viel Leiden und Sorge umschlossen, und eine kleine Welt enthalten, die trotz aller Armut und Geringheit doch *ihren* charakteristischen Stempel trug.

Hatten ihre vier Wände wohl auch einmal Freude und Hoffnung gesehen?

Vielleicht. Sogar der Tagelöhner denkt sich, wenn er mit seiner jungen Frau unter das niedrige Dach des eigenen Heims tritt, wohl kaum, dass er und seine Frau sich zu Tode arbeiten werden, und die Armenordnung seine Kinder öffentlich versteigern wird.

Als Jösse vom Nordhofe nach Hause kam, hielt er folgende Rede:

»Hier ist ein Hammer für den, welchen die Dirn' auf dem Kartoffelacker weggebracht hat, und ein Topfhaken, der noch ganz gut zu gebrauchen ist. Hier ist auch ein Eimer, der zum Schweineeimer passt. Und dann habe ich noch diesen Jungen gekauft. Ihr könnt ihn in der Küche hinter der Abfalltonne schlafen lassen.« –

Meine Genossen im Hygieneverein, dessen Vizepräsident ich bin, werden sich nun wohl erklären können, weshalb ich stets in der Sommerzeit so auf das Reinigen und Desinfizieren der Abfalltonnen dringe.

3. Wie ich mit 14 Jahren

Handelsreisender wurde

Je nach Vermögen, einer Kraft, die bei eifriger Übung und großer Abhärtung, ohne jegliche Verwöhnung recht schnell wuchs, musste ich jetzt bei fast allen auf dem Lande vorkommenden Arbeiten helfen. Pflug, Egge und Sense wurden meinen Händen, freilich erst im letzten der drei Jahre, die ich auf dem Nordhofe verlebte, anvertraut; doch mit Sichel, Axt, Kornschwinge, Harke, Waldmesser, Wurzelhacke, Säge und Spaten lernte ich gleich im ersten Jahre umgehen.

Ich hörte es ganz gut, wenn Jösse im Winter des Morgens um halb zwei Uhr in der Stube umhertappte, hustete und spuckte, während er sich anzog, um zum »Morgendreschen« auf die Scheunendiele zu gehen. Doch meine jungen Glieder waren müde und schmerzten mich noch von dem letzten Tagewerk, und wenn ich mit der Hand die Abfalltonne, meinen ersten Thermometer, berührte, war sie oft mit einer dünnen Eisrinde bepanzert. Ich wusste recht gut, dass ich meinem Schicksal nicht entgehen konnte, aber ich stand keinen Augenblick eher auf, als bis der Bauer in die Tür geguckt und mir sein unbewegliches »Steh auf, Bub'!« zugerufen hatte.

Dieses Dreschen mit dem Flegel von zwei Uhr nachts bis zum Einbruche der Dunkelheit gegen vier Uhr nachmittags war in den vierziger und fünfziger Jahren dieses Jahrhunderts bei den Bauern allgemein Brauch. Die Dreschmaschinen, die es zu jener Zeit gab, waren für die Bauern viel zu teuer, für ihre kleinen Tennen viel zu groß und beanspruchten außerdem die vereinigten Kräfte von wenigsten drei ausgewachsenen Ochsen. Deshalb fand man solche Maschinen nur auf den großen Gütern, die in jener Zeit fast ausnahmslos im Besitze sogenannter »Herrenleute« waren. Da es nun für eine Ehrensache galt, alles Korn vor Weihnachten ausgedroschen zu haben, ließ sich das Morgendreschen nicht gut vermeiden.

Da standen nun Jösse und ich täglich vierzehn Stunden lang, die nur durch kurze Frühstücks- und Mittagspausen unterbrochen wurden. Die scharfe Kälte tat mir nichts, denn ich arbeitete mich warm. Wenn meine kleinen Hände einschlafen wollten, oder ich im Begriff war vor Müdigkeit umzufallen oder meine Arme mir so weh taten, dass ich am liebsten laut geschrien hätte, wusste der Bauer mich mit kurzen Anrufen anzufeuern.

»Schlage so, dass man es hören kann, Junge!«

»Du brauchst nicht bange zu sein, dass du dem Hafer die Brille zerschlägst, er hat sich noch keine angeschafft.«

»Du drischt, als spieltest du mit einer Katze, und nicht, als wolltest du die Körner herausschlagen!«

»Schlaf nicht ein, Bub'!«

Wenn wir dann um vier Uhr nachmittags in die Stube zurückkehrten, stieg Jösse sofort in sein Wandbett, zog die blaugewürfelten Gardinen zu, und bald verkündete ein lautes Schnarchen, dass er sich redlich bemühte, sich für den folgenden Tag zur Arbeit zu stärken. Mir wurde es nicht so gut; ich musste im Stalle helfen, Kartoffeln schälen, Wolle karden, Kinder warten und der Bäuerin zur Hand gehen, bis die große Dalkarlsuhr acht schlug. Dann wurde Abendbrot gegessen, und wir legten uns alle schlafen.

Nach Weihnachten begann die Holzarbeit. Das war ein frisches Leben im Walde; Jösse fällte die Bäume und ich zweigte sie ab. Noch schöner war es im Frühling auf dem Acker mit Hacken und Harken, und im Sommer auf den Wiesen, durch die ein Flüsschen sich hinschlängelte, wenn die Vögel sangen und die Wildenten untertauchten. Doch auch dann war die Arbeit schwer, die Ruhezeit ungenügend und die Kost so knapp wie möglich.

So vergingen drei Jahre. Im letzten Winter ging ich »zum Pastor« und im Frühlinge, gleich nachdem ich vierzehn Jahre alt geworden war, wurde ich konfirmiert. Ich stand »unten an«. Die Nordhofbäuerin hatte mir eine Drillichjacke schwarz gefärbt, doch dieses kühne Unternehmen war nur teilweise mit Erfolg gekrönt worden. Die Jacke hatte eine seltsame dunkelbraune Farbe mit helleren und dunkleren Flecken wie ein Pantherfell. Sie konnte es mir wirklich nicht besser geben, der Nordhof brachte wenig ein, und seit einem Jahre bezahlte die Armenordnung für mich nur 12 Taler 24 Schilling. Der Vorsteher hatte gemeint, dass ich mein Essen schon so ziemlich durch meine Arbeit bezahlte, und ich glaube, der Mann hatte darin nicht so Unrecht.

Doch der Blick des Erlösers fiel vom Altarbilde ebenso milde auf das kleine Armenordnungskind, das als Letzter in der Reihe stand, wie auf Gustav, den Sohn des Gerichtsbauern, der der Erste war. Doch wandten wir uns um und warfen einen verstohlenen Blick auf die Bankreihen hinter uns, so waren wir nicht mehr gleich. Fast alle Kinder hatten Eltern und Verwandte, die jeder ihrer Bewegungen mit liebevollen Augen folgten und befriedigt schmunzelten, wenn die Antworten nur einigermaßen richtig ausfielen.

Ich hatte niemand.

Ich glaubte es wenigstens. Doch als das Gelübde abgelegt worden und der feierliche Akt zu Ende war; als die übrigen Kinder draußen auf dem Glockenturmhügel und in den Kirchenställen[2] die Ihrigen aufsuchten und mit »Kirchengewürzen« und Kringeln bedacht wurden; als ich allein und betrübt dastand und mit Tränen in den Augen auf die bunte Menge starrte, drückte plötzlich eine kleine Hand die meine, und eine schüchterne Stimme flüsterte:

»Komm, Nisse!«

Und dann führte Schwester Hanna mich hinter den Holzstall des Küsters, zog ein kleines, schmutziges Taschentuch aus der Tasche, entfaltete es und gab mir ein schmutziggraues Stück Zucker und einen harten »Siebenlöcherkringel«.

»Ich bat die Bäuerin, ob ich dich nicht in der Kirche sehen dürfe, und da hat sie mir dies für dich gegeben!«

Meine kleine Schwester sah bei diesen Worten ordentlich stolz aus und sie hatte auch allen Grund dazu, denn nichts auf der Welt hätte mich mehr erfreuen können. So brauchte selbst der kleine Armen-Nisse an diesem bedeutungsvollen Tage nicht hinter den andern zurückzustehen, auch für ihn gab es Liebe und – Kringel.

Während ich in den seltenen Leckerbissen schwelgte, sah Hanna mich ernst und altklug an. Sie musste bestimmt etwas auf dem Herzen haben. Endlich kam es denn auch:

»Nisse, weißt du, wo Vater und Mutter liegen?«

Es gab mir einen Stich durchs Herz. Ich hatte nie darüber nachgedacht. Mein Blick irrte hilflos über den ungepflegten,

2   Kirchenställe zum Unterstellen der Fuhrwerke.

grasbewachsenen Teil des Totenackers, wo man die Armen zur ewigen Ruhe bettete. Nein, ich wusste es nicht.

»Wenn wir nur jemand danach fragen könnten«, sagte Hanna zögernd.

Ich kam mir so klein, so unbedeutend und arm vor, dass ich nicht den Mut hatte, einen der Bauern anzureden, selbst wenn ich meinen Zweck dadurch erreicht und mein heißes Gesicht in dem Grase auf den Gräbern meiner Eltern hätte kühlen können, wonach ich plötzlich unbeschreibliche Sehnsucht verspürte. Doch ich wollte Hanna meine Mutlosigkeit nicht merken lassen und ging deshalb ein paar Schritte in der Richtung der Kirchenställe.

»Nein, lass es lieber sein!«, bat Hanna, mich ängstlich am Jackenzipfel festhaltend. »Sie könnten es uns übelnehmen und grob werden!«

Nach jenem Tage – es war Christi Himmelfahrt – begann für mich wieder das alte einförmige Leben auf dem Nordhofe, in das mein Konfirmationsunterricht einige Abwechselung gebracht hatte.

Ich habe Jösse vom Nordhofe und seiner Bäuerin nie eine Minute gezürnt, und dass sie mich bei schlechter Kost hart arbeiten ließen, mich mehrmals windelweich prügelten und mir eine Schlafstelle hinter der Abfalltonne anwiesen, ruft noch heute keinen Groll in mir hervor. Doch im Sommer nach meiner Konfirmation aßen wir eines Tages eine angebrannte Kartoffelsuppe mit einem kleinen Stück Hering zu Mittag, und nach Tisch wurde ich in den Wald geschickt, um das Pferd von der Weide zu holen. Wir wollten Heu einfahren, und Jösse wollte während meiner Abwesenheit den Wagen schmieren. Das Pferd weidete jedoch zufällig am Waldesrande, und zehn Minuten später öffnete ich wieder die Stubentür und rapportierte:

»Blässen ist hier und ...«

Die Worte blieben mir im Halse stecken. Da saßen Jösse, die Bäuerin und alle Kinder und löffelten süße Milch und Heidelbeermus. Damit der Kleinknecht nicht auch ein paar Löffel voll haben sollte, war das Bankett hinter seinem Rücken angeordnet worden!

Dies war in allen diesen drei Jahren das erste Mal, dass der Wurm sich empörte, aber die Magenfrage ist ja auch stets ein kitzliches Ding gewesen. Mit bebender Stimme und erschreckt über meine eigene Kühnheit, fragte ich:

»Herr Gott, ist es schon Vesperzeit?«

Die Bäuerin zog sich das Kopftuch tiefer in die Stirn und blickte verlegen in die Schüssel nieder:

»Ich fand zufällig noch einen Milchrest im Schranke. Iss einen Löffel, Junge!« – –

Bei dem einförmigen Leben auf dem Nordhofe wurden die unbedeutendsten Ereignisse in unsern Augen zu großen, epochemachenden Begebenheiten. Die Landstraße führte dicht am Hofe vorbei, und ein auf derselben hinrollender herrschaftlicher Wagen konnte unsere Gedanken den ganzen Tag über beschäftigen. Und wenn in dem 15 Kilometer entfernten Nachbardorfe Markt war, richtete es Jösse stets so ein, dass wir an der Straße arbeiteten, damit er alles Vieh, welches vorbeigeführt wurde, in Augenschein nehmen und mit den Treibern ein wenig plaudern konnte. Auf den Dorfmärkten war das Branntweinschenken streng verboten, und wenn nicht eine Krügerfrau ein paar Tropfen hinter dem Rücken des Gendarmen in den Kaffee schmuggelte, musste man auf jede »geistige« Anregung verzichten. Deshalb hatte jeder zu Markt reisende Bauer eine volle Schnapsflasche bei sich. Kam nun ein guter Bekannter vorbei, so ließ er Jösse gewöhnlich einen tüchtigen Schluck aus der Flasche trinken. Manchmal aber wurden es der Züge so viele, dass mein Bauer eine total veränderte, vernünftige Weltanschauung bekam. Bei einer solchen Gelegenheit erzählte er mir einmal, dass mein Vater ihn auf einer Auktion vor einer Tracht Prügel gerettet habe, weinte jahrelang unterdrückte Dankbarkeitstränen und schenkte mir bare sechs Stüber, das einzige Geld, das ich in den drei Jahren von ihm erhalten habe.

Doch das allergrößte Ereignis war die Ankunft des »Reisehändlers«, der jährlich drei bis vier Mal bei uns einkehrte. Der Landhandel lag dazumal noch in den Windeln; es gab in unserm ganzen Kirchspiel keinen einzigen offenen Laden; alles, was die

Bäuerin und die Magd von dem Luxus und dem Aufwande dieser Welt wussten, schrieb sich von Lars Anderssons Besuchen her. Und Lars Andersson war jener ambulatorische Geschäftsmann, der sich einst durch das großartige Honorar von zwölf Schillingen für dreitägiges Toröffnen meine ewige Dankbarkeit erworben hatte.

Es kam sehr selten vor, dass die Bäuerin eine Kleinigkeit kaufte; die Magd tat es nie. Doch der Nordhof lag so nahe an der Landstraße, dass Lars Andersson sich keine gelegenere Herberge wünschen konnte. Ein Bett wurde für ihn in der Bodenkammer aufgeschlagen, und was das Haus vermochte dem gerngesehenen Gaste vorgesetzt. Seinem Pålle gebrach es im Stalle an nichts. Oft blieb Reise-Lars einen Tag bei uns, um sich ordentlich auszuruhen. Man hielt es damals bei den Bauern für eine Schande, für solche Gastfreiheit Geld anzunehmen, aber vergolten musste sie doch werden.

So erhielt denn die Bäuerin jedes Mal kleine Geschenke aus dem Hausierkasten, baumwollene Taschentücher, Kämme, Seifenkugeln, Fingerhüte, Brustbonbons, bisweilen sogar ein schreiend buntes »feines« Kopftuch. Außerdem versah Reise-Lars das Haus mit dem nötigen Bedarf an »Rattenzucker« (Arsenik), um Mäuse zu vergiften, kranke Kühe zu heilen usw. Diese verbotene Ware führte in jener Zeit jeder Hausierer in großen Quantitäten mit sich.

Dann durften wir obendrein noch die ganze Herrlichkeit des Kastens umsonst bewundern, wenn Lars am Ruhetag sein Lager ordnete und Inventur über seine Sachen aufnahm. Jösse und die Bäuerin erinnerten sich noch sehr gut der Zeit, da Lars zu Fuße mit »dem Packen auf dem Rücken hausieren ging«. Schon damals »führte« er Nesseltuch, Sackleinewand, seidene Kopftücher und wollene Halstücher. Jetzt hatte er einen eigenen Wagen, ein eigenes Pferd und ein verhältnismäßig großartiges Lager, das sowohl in Paramattazeug, wie in Zucker und Kaffee »sortiert« war.

Wenn die Bäuerin Lars aufs Allerbeste verpflegte, so ließ ich es mir aus ebenso eigennützigen Beweggründen nicht minder angelegen um Pålle sein. Ich bürstete und striegelte ihn, ich kämmte ihm Schwanz und Mähne, ich schnitt ihm Haferstroh in die Häckselkiste und gab ihm heimlich von unserm besten Kälberheu, Reise-Lars gab mir auch nie weniger als sechs Schillinge Trinkgeld und schenkte mir Weihnachten vor meiner Konfirmation ein feines Baumwollenhalstuch, das in allen Farben des Regenbogens leuchtete. Ich kann versichern, dass kein äußerer Staat, nicht einmal der Wasaorden, mir solche Freude gemacht hat wie dieses in meinen Augen himmlisch-schöne Geschenk.

Doch ein noch größerer Lohn wartete meiner.

Meine Bemühungen für Pålles Wohl wurden immer mehr beachtet. Ich durfte sogar beim Aus- und Einpacken helfen und benahm mich dabei gar nicht ungeschickt. Ich schmierte den Wagen und holte ungeheißen die Koffer von der Bodenkammer. Im Juli nach meiner Konfirmation kehrte Reise-Lars wieder bei uns ein. Er sah müde aus.

»Wie geht's?«, fragte Jösse.

»Ja, danke, so so la la. Es wird mir immer schwerer die Koffer zu schleppen und die Gehegstüren zu öffnen. Das Pferd will auch besorgt werden. Ja, ja, man wird alt, Jösse. Micheli werden's sechzig Jahre!«

Dann war es eine Zeit lang still in der Stube. Schließlich fuhr Reise-Lars fort:

»Ich nehme mir manchmal, wenn ich in eine Gegend komme, wo die Höfe dicht beieinander liegen, einen Jungen, der mir die vielen Gehege öffnen soll. Doch das ist immer nur auf einige Tage, und ich müsste eigentlich immer einen zur Hand haben.«

Ach du lieber, lieber Alter! Das Herz trat mir auf die Zunge. Ach, wenn du wüsstest ... doch ich wagte nicht ...

Am nächsten Morgen fragte Reise-Lars plötzlich:

»Würdet Ihr mir wohl Euren Jungen überlassen, Jöns?«

Ich steckte vier Finger in den Mund, um nicht vor Freude laut aufzuschreien.

»Hm ... ich habe ... geh hinaus, Bub'!«

Ich ging, doch natürlich nur in die Küche und legte das Ohr ans Schlüsselloch. Wer mich deshalb tadeln will, mag's tun. Und da hörte ich denn zum ersten Male, was für ein wertvoller junger Mann, welch wichtige Person ich auf dem Nordhofe war. Es ist wirklich kein Wunder, dass Jösse in meinem jungen Gemüte durch so viel Lob nicht Eitelkeit und Selbstbewusstsein erwecken wollte.

Ich leistete fast ebenso viel wie ein richtiger Knecht. Ich sei bei jeder Arbeit zu gebrauchen, sei fleißig, willig und ordentlich. Und dann bezahle die Armenordnung für mich 25 Taler.

»Doch nicht mehr nach der Konfirmation?«, warf Lars ein.

»Ja, bei meiner armen Seele, noch ein ganzes Jahr.«

Da hatte Jösse vom Nordhofe seine arme Seele verschworen, denn für's letzte Jahr bekam er nur 12 Taler 24 Schilling, und das Jahr war in 14 Tagen abgelaufen. Ich wäre beinahe ins Zimmer gestürmt und hätte gerufen: »Du lügst!« – Doch still, jetzt ergriff Händler-Lars wieder das Wort.

»Der Junge gefällt mir, was wollt Ihr haben, wenn ich ihn heute mitnehmen darf?«

»Ein andrer bekäm ihn nicht für alles in der Welt, aber da Ihr es seid, Lars, sollt Ihr ihn für dreißig Taler haben!«

»Seid Ihr total unklug, Jösse! Ein Paramattakleid für Mutter Lisa will ich Euch geben.«

»Nein, hol' mich der Kuckuck, ich kann's nicht unter achtundzwanzig ...«

Lars erhob sich und knöpfte den Rock zu. Er war reisefertig. Er legte die Hand auf die Türklinke und sagte nachdrücklich:

»Ein Paramattakleid, sechs Taschentücher, eine Stange Seife und ein halbes Lot Rattenzucker, aber, bei meiner Seele, keine Stecknadel mehr; es gibt noch mehr Jungen auf der Welt.«

Hätte Jösse nun nicht nachgegeben, so wäre ich, trotz meiner Furcht vor ihm, selbst dazwischengekommen. Doch er tat es.

»Nicht so heftig, Andersson. Nehmt den Jungen in Gottes Namen für das, was Ihr geboten habt, mit, wenn es für mich auch ein großer Schade ist. Wir haben den Buben so lieb, als wäre er unser eigenes Kind!«

So war ich denn zum zweiten Mal in meinem Leben »verkauft« worden; doch diesmal war ich stolz darüber. Jetzt wurde ja sogar für mich »bezahlt«!

Eine Stunde später saß ich mit Reise-Lars auf dem Wagen, er vorne, ich auf dem hintersten Koffer. Die Sonne glänzte, die ganze Natur schien mir zu lächeln und in meinem Herzen jubelte es. Ich musste förmlich Gewalt anwenden, um nur äußerlich ruhig zu bleiben. Doch wenn es bergauf ging und wir, um es Pålle leichter zu machen, abstiegen, machte ich hohe Freudensprünge. In die Welt hinauskommen, von Ort zu Ort reisen, täglich andere Menschen sehen, meinen Freund Pålle pflegen, die Abfalltonne nicht riechen, aus Lars Anderssons gutem, wohlgefülltem Schnappsack essen, und nie, nie wieder dreschen!!

4. Händler Lars und ich

Jetzt muss ich dem geehrten Leser meine neuen Freunde vorstellen, meinen Herrn und meinen Kameraden, Händler Lars und Pålle. Noch heute, nach so vielen Jahren, sehe ich sie vor mir, wie sie aussahen, wenn wir alle drei bergauf kletterten. Händler Lars ging in seinen alten Tagen sehr vornübergebeugt, war etwas unter Mittelgröße, aber untersetzt und kräftig. Der gleichmäßig dicke Leib war mit einem schlechtsitzenden groben Tuchrocke bekleidet, und die großen Füße steckten in noch größeren Schmierstiefeln mit langen bis übers Knie reichenden Schäften. Es musste mindestens 25 Grad warm sein, ehe es Lars einfiel, seinen dicken Rock mit einem leichteren zu vertauschen und anderes Schuhzeug legte er niemals an. Im Winter trug er einen mit dem Felle nach außen gekehrten Wolfspelz. Aus dem hohen Rockkragen erhob sich ein rundes, gutmütiges, feistes Gesicht, und der große Kopf war mit dichtem, blonden Haar bedeckt, das nach alter Bauernsitte »über den Kessel geschoren« war, so dass es das Gesicht wie ein zwei Zoll dicker Kranz umgab und über der Stirn einem Strohdache glich. Backenbart und Schnurrbart waren rot und ein wenig graumeliert, die Nase dick und nichts weniger als feingeschnitten. Doch die großen, blauen, guten, klugen Augen erhellten das ganze Gesicht, ja die ganze Persönlichkeit, wie die Sommersonne eine magere Heide vergoldet, und man brauchte nur wenige Worte mit dem alten Hausierer zu wechseln und nur wenige Male seine allerdings småländisch singende, aber weiche und freundliche Stimme zu hören, so musste man ihn lieb gewinnen. Er verstand es auch wie kein anderer sich mit den Fröhlichen zu freuen, mit allen zu scherzen und zu plaudern, ab und an in lustiger Gesellschaft ein Glas zu trinken, wenn auch nie einen Tropfen mehr als er vertragen konnte. Doch als ich ihn näher kennenlernte, merkte ich, dass etwas sein Herz bedrückte, dass er an einem Kummer trug, von dem er sich auch in seinen frohesten Augenblicken nicht ganz frei zu machen vermochte. Und dieser Kummer, und nicht das Geschäft, beherrschte seine Gedanken, wenn er stundenlang grübelnd auf dem Wagen saß und Hügel, Wälder, Äcker und Seeufer anstarrte, ohne etwas davon zu sehen.

Er war überall, wohin wir auch kamen, gern gesehen, und das will nicht wenig sagen, denn sein Geschäftsgebiet betrug ungefähr 20 Quadratmeilen und erstreckte sich über Halland, den nördlichen Teil von Schonen, Blekingen und das südliche Småland. Besonders bei den Frauenzimmern war er außerordentlich beliebt. Wenn sein freundliches »Guten Tag!« auf dem Hof ertönte, wurde das Spinnrad fortgestellt, die Magd kehrte auf dem Wege nach dem Stalle um, und die kleinen Mädchen klapperten mit ihren Holzschuhen die Treppe hinunter, lächelten, steckten den Finger in den Mund und sahen Lars unter dem Stirnhaar von unten herauf so freundlich an, wohl wissend, dass er allen Kindern stets Zuckerstengel mitbrachte. Ehe der Hausvater noch die Axt beiseite legen und Lars mit einem herzlichen: »Na, sieh mal einer, Reise-Lars wieder unterwegs! Willkommen auf unserm

Hofe!« die Hand reichen konnte, hatte Mutter schon in der Küche Kaffeewasser und Waffeleisen aufgesetzt.

Auf solchen Stellen dauerte es eine gute Weile, ehe Lars anfing von Geschäften zu sprechen. Erst musste er wissen, wie es der Großmutter ging, und ob die Kuh, der bei seiner letzten Anwesenheit eine Kartoffel im Halse stecken geblieben war, sich davon erholt hatte, welche Saataussichten man hatte und ob der Jungstierhandel nach Wunsch ausgefallen war. Dann schwieg er eine lange Weile, und sagte darauf plötzlich:

»Nein, was ist Eure Lina für ein großes, hübsches Mädchen geworden. Sie geht wohl schon zum Pastor, sollt' ich meinen?«

»Ja, du lieber Gott, sie hat jetzt damit angefangen. Reise-Lars ist doch der reine Hexenmeister; so gut weiß er mit unsern Gören Bescheid!«, schmunzelte die Bäuerin geschmeichelt.

»Und die Schürze, das Kleid, das Taschentuch und das Gesangbuch zur Einsegnung habt Ihr wohl schon angeschafft?«

»Nein, bei Gott, das ist uns nicht eingefallen. Hier sind freilich Händler gewesen, die mit ihrem Paramattazeug und Indianazeug schrecklich billig waren und ein feines Kopftuch zugeben wollten, aber ich habe immer gesagt: ›Wir warten bis Händler Lars kommt, er hat uns ihr Taufkleid geschafft und von ihm haben wir die Aussteuer genommen, als unsere Älteste heiratete.‹«

Bei solchen Worten, die ihm bewiesen, wie festgewurzelt er bei den Bauern in Gunst stand, glänzte das runde Gesicht des alten Hausierers; er drückte der Bäuerin die Hand und sagte:

»Ich danke Euch, Mutter Kajsa! Ich werde Euch nicht anführen. Nils, hole den Koffer mit den schwarzen Kleiderstoffen; wir wollen etwas Hübsches aussuchen!«

So schleppte ich denn erst den Koffer mit den schwarzen Kleiderstoffen herbei, und später musste ich gewöhnlich noch zwei bis drei Koffer holen. Auf großen Bauernhöfen verkauften wir gewöhnlich für 40-50 Taler, und als ich eine Zeit lang mit Lars Andersson gereist war und mir ein wenig Warenkenntnis angeeignet hatte, merkte ich, dass Lars keinen Menschen übervorteilte. Er nahm von dem Unkundigen, der sich ganz auf ihn verlassen musste, keinen Pfennig mehr, als von dem Vorsichtigen, der stundenlang feilschte. Und wenn die Firma N. Jönsson und Sohn hier in der Stadt im Rufe ehrlicher und reeller Bedienung steht, so ist das nur auf Lars Anderssons Prinzipien zurückzuführen, nach denen ich zum Kaufmann ausgebildet worden bin.

Ein solcher Mann war mein neuer Herr. Mein Freund und Dienstkamerad Pålle war auch eine Zierde seines Geschlechtes, darauf gebe ich Euch mein Wort. Er war ein mittelgroßes, dunkelbraunes, als wir uns kennenlernten, schon ein wenig bejahrtes, kräftiges Norrlandspferd, das ohne Feuer, aber auch ohne Ermattung bergauf und bergab trabte, trotzdem unser Lager bisweilen 15 Zentner wog. Wir hatten nicht einmal eine Peitsche, deren wir auch gar nicht bedurften, da Pålle stets gleichen Schritt hielt, und doch habe ich selten einen Schweißtropfen auf Pålles Bauch gesehen, obwohl er in hellen Sommernächten ununterbrochen 8-10 Stunden auf den Beinen war.

Ich erinnere mich so deutlich unserer ersten Rast. Wir waren 20 km vom Nordhofe entfernt, hatten an fünf oder sechs Stellen einige Kleinigkeiten verkauft, und an zehn oder fünfzehn Stellen den Bescheid erhalten, dass man nichts brauche. So fuhren wir in einen schönen Buchenwald ein und kamen bald an das Ufer eines im Sonnenscheine glänzenden Sees. Lars zog die Zügel an, und der Wagen hielt im Schatten einer uralten Buche.

»Hier wollen wir unser Mittag essen, Nils!«

Flink wie ein Fisch und bemüht, meinem Wohltäter durch Eifer und Gehorsam meine Dankbarkeit zu beweisen, spannte ich Pålle los, band ihn an einen Baum und legte ihm den Sack mit dem saftigen Grase, das wir vom Nordhofe mitgenommen hatten, vor.

Dann aßen wir selbst. Ich, der ich an die schlechtesten Bissen dürftiger Kost gewöhnt war, dessen gesunden Kinderappetit man stets mit erstaunten, abgünstigen Blicken betrachtet hatte, ich erhielt jetzt das eine Butterbrot, das eine große Stück kalten Schweinefleisches über das andere. Und Reise-Lars lächelte, als er sah, wie es mir schmeckte.

»Iss dich richtig, ordentlich satt, mein lieber Junge, und sei nicht bange vor der Milchflasche«, ermunterte er mich.

Als wir fertig waren, streckte Lars sich bequem auf dem weichen Moose aus und hielt ein Mittagsschläfchen, während ich Pålle zur Tränke führte. Es war ein herrlicher Tag, ich war so froh, so dankbar, so satt, dass es meinem kleinen Herzen des Glückes zu viel wurde. Ich schlang die Arme um Pålles Hals, legte die Wange an sein braunes Fell und brach in Tränen aus, während mein vierbeiniger Freund mir leise und vorsichtig den Rücken beschnupperte und sich wunderte, was dem kleinen Menschenkinde eigentlich einfiel.

Als Händler Lars erwachte, war Pålle schon angeschirrt, und er brauchte nur auf den Wagen zu steigen. –

So ging es denn in die weite Welt hinaus, von Hof zu Hof, von Ort zu Ort, in Bauernhäuser mit weißgetünchten Herden und vertrockneten Birkenzweigen, die noch seit Pfingsten in allen Ecken hingen, auf Rittergüter, wo des Sonntags abends auf der Scheundiele getanzt wurde, wo die jungen Leute Kopftücher und Westenzeug von Lars kauften, wo ich selbst mit den kleinen Töchtern des Herrn tanzen durfte, und man uns in der Küche mit Kaffee und unabgesahnter Milch traktierte.

Es wurde Herbst und Winter. Der Regen peitschte unsere Wangen, das Teertuch musste vorsichtig über die Koffer gezogen werden, Pålle senkte die Stirn vor dem Winde, legte die Ohren zurück und beschleunigte seine Schritte. Der Schneesturm hüllte die mit Heidekraut bewachsenen holländischen Hügel in ein weißes Leichentuch, und wir wären beinahe im Schnee stecken geblieben, ehe wir an den Hof kamen, wo Lars im vorigen Frühlinge seinen Schlitten eingestellt hatte. Der Wind drang uns durch Mark und Bein, und meine kleinen Hände mussten sich erst einige Minuten an Pålles fettem Bauche wärmen, ehe ich ans Ausspannen und ans Abschnallen des Teertuches denken konnte.

Doch das genierte mich nicht im Geringsten. Ich hatte warme Kleider auf dem Leibe, erhielt reichliche und gute Kost, wohin ich ging, folgten mir die freundlichen, zufriedenen Blicke meines Herrn, wer konnte es besser haben?

Dann wurde das Wetter wieder klar und ruhig. Die Wintersonne beschien die hochaufgeworfenen Schneewälle zu beiden Seiten der Landstraße. Pålle schnaubte seinen Lebensmut in die reifbedeckte Natur hinaus, und unsere große Schlittenglocke läutete durch den ganzen Sunnerbodistrikt, durch Getabäck, Loushult, Marklunda bis Broby im Kreise Kristianstad. In Halmstad, Vexiö, Karlshamn und Kristianstad ergänzten wir unser Lager, wenn es in der Nähe einer dieser Städte zu sehr zusammengeschmolzen war, so dass wir nicht mehr in allen Artikeln, die wir zu »führen« pflegten, hinreichend »sortiert« waren. Lars hatte guten Absatz und liquidierte ordentlich, weshalb die Kaufleute ihn auch mit großer Achtung behandelten. Wir wurden von ihnen freundlich aufgenommen und aufs Beste bewirtet. Die Prinzipale klopften Andersson vertraulich auf die Achsel, nannten ihn »Werter Freund« und »Patron Andersson«, die Ladenjünglinge machten tiefe Bücklinge und schenkten mir große Tüten mit Rosinen und Feigen, da sie wussten, dass Lars mich wie seinen eigenen Sohn hielt.

An einem blitzkalten Februartage fuhren wir über die öde Marbäcksheide in Halland. Der Schnee knirschte unter den Schlittenschienen und sowohl an Pålles Mähne wie an Lars Anderssons rotgrauem Barte hingen lange Eiszapfen. Ich lag auf einem der Koffer hinter dem breiten Rücken meines Herrn und hatte mich mit einer Pferdedecke zugedeckt. Plötzlich fuhr Lars zusammen und zog die Zügel so heftig an, dass Pålle stehen blieb.

Ich blickte auf, sah aber nichts weiter als die öde Heide ringsumher und am Wegesrande einen Scherenschleifer mit seinem Schlitten, Schleifstein und Wetzholz, samt einer großen, mageren, zerlumpten, schwarzen Frau mit einem Peekhaken. Was war nur mit meinem Herrn? Er bebte, als hätte ihn der Schüttelfrost gepackt und sah das Scherenschleiferpaar starr an. Die Frau blickte zufällig auf und stutzte. Dann flüsterte sie dem Scherenschleifer etwas ins Ohr, worauf dieser nickte und seinen Weg fortsetzte, während die Frau an unsern Schlitten trat. Sie sah so verkommen und unheimlich aus, dass mir ganz bange zumute wurde. Sie verzog den zahnlosen Mund zu einem widerlichen Grinsen und sagte mit heiserer, misstönender Stimme:

»*Du* fährst mit eigenem Fuhrwerk, mit Knecht und Pelz. Ja, ich danke! Und *ich* muss in Lumpen gehen und frieren, und weiß heute Abend nicht, wo ich morgen Nachtherberge finde. *Dir* geht es gut, Lasse, *du* bist dick und fett! Und *ich* bin so hungrig und bekomme oft den ganzen Tag nichts zu essen! Hörst du's!«

Lars fiel förmlich in sich selbst zusammen, senkte das Kinn auf die Brust und sagte beinahe flüsternd:

»Wer hat es nicht anders haben wollen, Lena?«

»Ha, ich selbst natürlich, als ich nicht so klug war, bei dir auszuhalten, und mit dem andern Lumpen durchbrannte. Wer hätte es auch für möglich gehalten, dass ein solcher Schafskopf wie du es so weit bringen könnte. Kreuz! Wenn ich das gewusst hätte! Ich hätte nichts dagegen, wenn ich nun eine reiche Kaufmannsfrau wäre, Lasse!«

»Man soll nicht von Dingen reden, die vergangen sind, Lena. Brauchst du etwas?«, fragte Lars, und seine Stimme klang, als wären ihm die Tränen nahe.

»*Ob* ich etwas brauche? Kannst du denn nicht sehen, du Blindschleiche? Nenne mir etwas, was ich nicht brauche, Lars!«

Lars legte die Zügel nieder, zog die Fausthandschuhe aus und griff nach seinem Taschenbuche. Er gab ihr fünf Zehnkronenscheine und flüsterte:

»Es dient zu nichts, dass wir beide miteinander reden. Gott helfe dir Ärmsten!«

»Ha, ha, ha! Du bist wohl fromm geworden! Ja, er hilft mir schon, wenn er auf dieser Straße kommt. Adieu, Lars! Wenn ich dich so recht ansehe, hätte ich bei einem solchen Kerl doch auf keinen Fall bleiben können.«

Damit eilte sie fort, um ihren Begleiter einzuholen.

Ich war erschrocken und verwundert. Wer mochte sie sein, dieser Abschaum des weiblichen Geschlechtes, die es wagte, so gegen Händler Lars aufzutreten, und der er obendrein noch 50 Taler schenkte.

Als wir in der Dorfschenke unser Mittag aßen, kam mir die Sache immer merkwürdiger vor. Lars war wie ausgetauscht. Die Wirtin fragte nach seidenen Tüchern und Lars erklärte, keine zu haben, obwohl wir 20 Stück von Karlshamn mitgenommen hatten. Dann trank er einen Schnaps, schmierte sich ein großes Butterbrot und schob es, nachdem er einen Bissen davon abgeschnitten hatte, mir zu:

»Iss es auf, Nils!«

Die Nacht darauf schliefen wir in einer Häuslerei, wo man uns ein Lager auf der Hausdiele zurechtgemacht hatte. Ich war grade im Begriffe einzuschlafen, als Lars tief aufseufzte und mit verschleierter Stimme sagte:

»Nils!«

»Ja, Herr? Pålle hat frisches Wasser bekommen, und die Decke habe ich ihm für die Nacht übergelegt.«

»Das meinte ich nicht. Mit der Frau, die uns unterwegs begegnete, bin ich in meiner Jugend verheiratet gewesen, und eine schönere Frau gab es nicht auf 20 Meilen in der Runde, Nils! Sie hat mich in der Woche nach der Hochzeit betrogen und ist mir mit dem Kerl, der den Schlitten zog, durchgebrannt.«

Ich war ganz außer mir vor Bestürzung, hatte aber das Gefühl, etwas sagen zu müssen, und stammelte:

»Oh herrjemine! Das ist ja unmöglich!«

»So, nun weißt du, Nils, dass Händler Lars auch seine Bürde trägt, obgleich er mit eigenem Fuhrwerke und im Pelzrocke reist ...«

Von diesem Tage an schloss ich mich noch inniger an meinen Herrn an; ich wusste ja nun, woran er dachte, wenn er rechts und links in die Landschaft hinausstarrte, ohne etwas davon zu sehen.

Ich erhielt immer größeren Einblick in das Geschäft und nach ein paar Jahren hatte ich allmählich alle damit verbundenen Schreibereien ziemlich selbstständig zu besorgen. Das war grade keine sehr verwickelte Korrespondenz und Buchführung! Requisitionen und Einkäufe besorgte Lars persönlich, sobald wir zur Stadt kamen. Nur selten wurde ein Brief an einen Kaufmann mit der Ordre geschrieben, uns eine besondere Ware, die uns auszugehen drohte, an einen bestimmten Ort zu schicken. Mahnbriefe schrieben wir noch seltener; wenn wir im Frühlinge Waren auf Kredit lieferten, wollte Lars bei unserer Rückkehr im Herbste sein Geld haben und vice versa. Bekam er es nicht, so begnügte er sich mit einer kleinen Anzahlung und stundete den Rest. Etwas ging uns wohl auf diese Weise verloren, doch lange nicht so viel, wie es heutzutage bei einer solchen Geschäftsführung der Fall sein würde. Die Bauern wohnten damals Generationen hindurch auf ihren Höfen, und da noch keine Freizügigkeit bestand, blieben die Dienstboten ebenfalls in dem Kirchspiele, in dem sie geboren waren. Die Schreibereien beschränkten sich also beinahe ausschließlich auf das »Borgebuch«. Ich habe noch mehrere Exemplare desselben im Schranke, wollte aber nicht gerne, dass meine jungen Herren dieselben in die Hände bekämen. Ein solches Borgebuch hat nicht die geringste Ähnlichkeit mit einem gewöhnlichen Reisekontra, das für jeden Kunden ein besonderes Konto hat. Nein, wir schrieben Datum, den Namen unseres Kunden, was er bekommen und was es kostete ohne Linien und Ziffernkolonnen, Reihe für Reihe, wie einen Brief in unser Buch. Deshalb konnten die verschiedenen Posten auch nie auf gewöhnliche Weise addiert werden, umso mehr, da die Zahlen nie untereinander standen, sondern wir mussten sie im Kopfe zusammenrechnen, was in einer Zeit, da Taler, Schillinge, Rundstücke und Stüber kursierten, seine Schwierigkeiten hatte. Dann wurde ein dicker Strich unter das Konto gezogen und auf der nächsten Seite wieder neu angefangen. Ein Register für die vielen hundert durcheinandergewürfelten Kontos hatten wir nicht; dieselbe Person konnte an sieben oder acht Stellen im Buche verzeichnet sein, und wir mussten uns ganz auf unser Gedächtnis verlassen, das uns, so weit ich mich erinnern kann, auch keinen Augenblick im Stiche ließ.

Das Kassenbuch hielt Händler Lars für eine total überflüssige Einrichtung. Wenn ein Kunde bezahlte, wurde der Posten durchgestrichen, und wollte Lars sich seine Geschäftsstellung klar machen, so rechnete er nach den von den Kaufleuten erhaltenen Orderkopien zusammen, was er ihnen schuldig war; dieses wurde von dem Ergebnis der Addition seiner verschiedenen Sparkassenbücher und dem Inhalte unserer Kasse subtrahiert, und der Rest mit dem Werte unseres Lagers, unseres Packwagens und den sicheren ausstehenden Forderungen zusammengerechnet. Die Letzteren konnte Lars durch eine mittelst langjähriger Übung erreichte, fast unglaubliche Fertigkeit binnen weniger Minuten approximativ berechnen. So konnte er denn in einer Stunde seine ganze Geschäftsstellung Revue passieren lassen, und das kann ich mit meinem Geschäfte nicht, obgleich wir mit dem Prokuristen drei Geschäftsleiter im Comptoire sind.

So verging die Zeit bis zu meinem neunzehnten Jahre. Jetzt war ich es, der vorn auf dem Wagen saß und die Zügel führte, und Reise-Lars, der hinter mir auf den Koffern zusammengekauert durch meinen breiten Rücken vor dem Winde geschützt wurde. Ohne dass wir wussten, wie es gekommen war, musste ich jetzt in den Bauernhäusern das »Reden besorgen« und das Geschäft vertreten, während Lars still am Ofen saß und Bonbons unter die Kinder verteilte.

Sein Rücken wurde immer gebeugter, Haar und Bart eisgrau und er blieb gern auf dem Wagen sitzen, wenn es bergauf ging. Auch Pålle war grau geworden, er stolperte oft auf unebenen Wegen, wenn ihn nicht eine liebevolle Hand aufrecht hielt, und wenn er fraß, ging es nicht mehr in demselben Takte wie früher. Wir hatten jetzt stets einen Beutel Roggenmehl auf dem Wagen und versuchten den alten treuen Diener durch Mehlwasser bei Kräften zu erhalten.

Nie war die Rede davon, dass ich »Lohn« haben sollte, nie kam mir der Gedanke, meine alternden Freunde zu verlassen. Hatte ich nicht, wie Pålle, alles, was ich brauchte, und sollte ich weniger dankbar und anhänglich sein als er!

Wir schrieben jetzt Weihnachten 1853. Reise-Lars war den ganzen Winter hindurch nicht recht frisch gewesen. Er wollte lange Mittagsrasten machen und wenn er einkehrte, geschah es gewöhnlich auf zwei Nächte. Mit dem neuen Jahre wurde es schlimmer. Des Nachts hustete er und bei Tage war er heiser. So kamen wir an einem entsetzlich kalten Januarabende in eines unserer besten Quartiere, den Hof des Gerichtsbauern in Bolsåkra auf der Grenze zwischen Schonen und Småland. Lars sprach wenig, er ging sofort zu Bett. Am nächsten Morgen weckte ich ihn um sieben Uhr.

»Gedulde dich, Nils. Wir fahren um neun, Pålle war gestern Abend so müde«, sagte Lars und schlief auf der Stelle wieder ein.

Als ich ihn um halb neun Uhr zum zweiten Male weckte, antwortete er schlaftrunken:

»Warte noch ein bisschen, Nils! Ich bin so müde.«

Wir ruhten den Tag über, und am folgenden Vormittage rief Lars mich an sein Bett:

»Gott weiß, was mir eigentlich fehlt, Nils, aber es hilft nicht, ich muss ein paar Tage im Bett bleiben. Fahr' du nur heute nach Loushult und von da nach Killeberg und Ousby. Wenn du zurückkommst, bin ich wieder besser.«

Mit schwerem Herzen stieg ich allein auf den Wagen, und hatte keine Ruhe, bis ich zwei Tage darauf wieder in Bolsåkra einfuhr. Ich warf Pålle die Zügel auf den Rücken und eilte ins Haus.

»Wie steht es mit Lars?«

»Er ist schwer krank und hat dich mit Unruhe erwartet«, antwortete der Gerichtsbauer.

Als ich Pålle eingestellt hatte und in die Seitenkammer trat, ergriff mich eine namenlose Angst. Der Tod hatte Lars schon seinen Stempel aufgedrückt. Das fette, runde Gesicht war eingesunken und sah wachsbleich aus; die zitternde Hand, die sich mir zum Willkommen entgegenstreckte, war abgemagert und kraftlos.

»Es ist gut, dass du hier bist, Nils … ich warte auf den Pastor und den Gerichtsbauern … mit Händler Lars geht es zu Ende … ich will mein Testament machen, Nils«, flüsterte er mit heiserer Stimme.

Ich fiel neben dem Bette auf die Knie, und heiße Tränen strömten über meine Wangen. Er war ja der *Einzige*, den ich auf der Welt hatte!!

Dann kam der Pastor und gleich nach ihm trat der Gerichtsbauer mit Tintenfass, Papier und Gänsefeder ein.

Deutlich, obwohl mit schwacher Stimme, traf Lars Andersson seine letzten Verfügungen über das, was er auf dieser Welt sein nennen konnte, und er machte es kurz genug.

Ich sollte alles haben … Pferd und Wagen, Lager und alle ausstehenden Forderungen, samt allen Sparkassenbüchern. »Alles, was ich besitze, vermache ich ohne Vorbehalt meinem lieben, jungen Mithelfer Nils Jönsson, der mir mehrere Jahre lang treu und anhänglich gedient hat.«

Selbst in den bitteren Augenblicken des Schmerzes kann man alles Leid vergessen, solange man jung, warm und uneigennützig empfinden kann.

Noch heute ist es mein Stolz, dass ich beim Anhören des letzten Willens meines Freundes, der mich, den verachteten, verauktionierten Waisenjungen, mit einem Schlage zum wohlhabenden Manne machte, keine andere Freude empfand als die über Lars Anderssons Zuneigung zu mir. Doch der große überraschende Beweis dafür, dass er so viel von mir hielt, konnte nur meine Angst, ihn zu verlieren, steigern; ich legte mein Haupt neben das seine auf das Kopfkissen und schluchzte:

»Das ist zu viel, Lars! Um Jesu willen, werdet wieder gesund und behaltet es selbst noch viele Jahre!«

Er seufzte schwer und drückte mir die Hand.

»Dank für deine langjährige Begleitung, Nils! Du bist mein treuer Diener gewesen und ich hoffe, dass … es dir wohl gehe … wenn du dein eigener … Herr bist … Weine nicht, Nils … Ich fühle es … jetzt geht … Händler-Lars zum letzten Male … auf die Reise … oh … das ist … so schön …«

Den ganzen Tag und die darauf folgende Nacht saß ich am Bette meines alten Freundes und hielt seine Hand in der meinen. Der Pastor hatte Lars die Beichte abgehört, lange mit ihm gesprochen und ihm darauf das Abendmahl gegeben. Eine Kinderseele hatte sich dabei ohne Rückhalt enthüllt. In der weltlichen Bedeutung des Wortes hatte er nie etwas Böses getan und selten etwas Unrechtes gedacht; aber jetzt auf der Schwelle der Ewigkeit fühlte er, dass dies nicht ausreichte, dass die Sorgen des Lebens seine Gedanken zu viel von dem einen Notwendigen abgelockt hatten, was sein frommer Sinn wohl nie ganz aus den Augen verloren, wonach er aber auch nicht als nach dem Wichtigsten von allen getrachtet hatte.

Das Glück wollte, dass es ein guter, warmherziger Prediger, keiner von den lauen Mietlingen und auch kein Fanatiker war, der am Sterbebette des alten Hausierers saß. Milde, sanft und tröstend fielen seine Worte in dieses zuckende, blutende, alte Herz.

In den langen, stillen Nachtstunden rief mich Lars mehrmals bei Namen und gab mir mündliche Erläuterungen zu seinem Testamente.

»Nils!«

»Ja Herr!«

»Jödde in Gryteryds junge Frau soll nichts für das Seidentuch bezahlen, das wir für sie gebucht haben. Ich habe bei ihr Gevatter gestanden.«

»Bist du wach, Junge?«

»Wie könnt Ihr glauben, dass ich schlafen kann, Lars!«

»Ich weiß, dass du Pålle nicht verkaufst und ihm das Gnadenbrot gibst. Nicht wahr, Nils?«

Als er den alten, treuen Diener, den Dritten in unserm Bunde, nannte, versagte mir die Stimme; ich drückte ihm stumm die Hand, und Lars nickte befriedigt. – –

»Noch eins Nils!«

»Was denn, Herr?«

»Wenn du sie triffst – oder ihr begegnest – oder hörst – dass sie in großer Not ist – die Frau – die wir – auf dem Hallandsås[3] trafen – so tue an ihr – was ich getan haben – würde –.«

»Ich verspreche es Euch, Lars!«

Bei Tagesanbruch entschlummerte Lars sanft und ruhig, und drei Tage darauf wurde er auf dem Gottesacker des Kirchdorfes begraben. Dazumal gab es auf dem Lande noch keine Leichenwagen; ich musste also das Lager in den Wagenschuppen stellen, den Packwagen reinwaschen und Händler-Lars mit seinem eigenen Fuhrwerk zu Grabe fahren.

Als der Sarg vor der Tür auf den Wagen gehoben wurde, wandte Pålle den alten, zottigen Kopf mit den jetzt tief eingesunkenen Augen um und wieherte, und als er, seine Kraft der gewöhnlichen, schweren Hausiererlast anpassend, anzog und fühlte, wie leicht der Wagen war, schüttelte er den Kopf, und konnte augenscheinlich nicht begreifen, wie die Sache zusammenhing.

Auf Händler-Lars' Grab steht jetzt ein Granitmonument mit seinem Namen in großen, vergoldeten Buchstaben, und darunter etwas von unersetzlichem Verlust und ewiger Dankbarkeit. Meine Frau und meine Kinder haben davor das Knie gebeugt und es mit kostbaren Kränzen, die ich mit Tränen befeuchtet habe, geschmückt. Am 11. Juni 1855 ging Pålle schmerzlos, glatt und rund und neubeschlagen ins Grab, ohne dass vorher auch nur ein Haar aus seinem Schwanze gezogen worden wäre, und Jödde in Gryteryds junge Frau hat nicht nur das seidene Tuch, sondern auch ein neues Kleid geschenkt erhalten. Und sie, die Lars einst geliebt hat, und die ihn so treulos verließ, habe ich aufgesucht und ihr die letzten Jahre sorgenfrei gemacht.

3   Hallandsås = holländischer Landrücken.

Doch kann mir jemand sagen, was ich noch tun kann, um auf Lars Anderssons Gesicht, wenn es verklärt auf uns herabblickt, ein Lächeln hervorzurufen, was ich noch tun kann, um das Andenken des besten Menschen, der mir im Leben begegnet ist zu ehren – so werde ich ihm auf ewig verpflichtet sein!

5. Wie ich mein eigener Herr wurde und wie ich aufhörte, es zu sein

Das war eine trübe Frühstücksstunde am Tage nach der Beerdigung. Schon ehe der Tag anbrach, hatte ich den Wagen beladen und Pålle gefüttert und gestriegelt. Ich sollte mich nun allein auf die Reise begeben.

Wir saßen an jenem kühlen Wintermorgen in der großen Stube um den Tisch herum, der Gerichtsbauer, die »Mutter«, ich und die Kinder, unter denen Hanna, ein kleines, blasses, blondes Ding von 14 Jahren, Lars Anderssons Liebling gewesen war und stets den Löwenanteil seiner Bonbons erhalten hatte.

»Iss ein wenig, Nils!«, forderte die Bäuerin mich auf.

Ich dankte, die Bissen wurden mir im Munde so groß, dass ich meinte, daran ersticken zu müssen.

»Nun, wie denkst du es mit dem Geschäfte zu halten?«, fragte der Gerichtsbauer.

»Oh, damit hat es keine Not. Ich handle und reise gerade so, wie wir es machten, als Lars ...« – hier kamen die Tränen – »und bezahle rechtzeitig alle Rechnungen, so wird es schon gehen.«

»Ja, ja, dachte ich's doch, dass du es nicht besser wüsstest. Ein Testament, siehst du, muss ›bewacht‹ werden, und du musst es dir gefallen lassen, dass sie dir einen Vormund setzen, bis du einundzwanzig bist«, sagte der Gerichtsbauer.

Dies war mir etwas ganz Neues, und die gerichtlichen Formalitäten erschreckten mich nicht wenig; doch die Sache ließ sich leicht ordnen, da der Gerichtsbauer sowohl Testamentsvollstrecker wie mein Vormund wurde. Das Letztere hat ihm weiter keine Mühe gemacht, da ich meine Angelegenheiten vom ersten Tage an allein besorgte.

Bald war Pålle angespannt. Es war grimmig kalt, und oben auf dem Wagen lag der Wolfspelz meines alten, teuren Lars, aber die Ehrfurcht vor dem Andenken meines Herrn verbot mir, von diesem Teile meiner Erbschaft sogleich Besitz zu ergreifen. Doch als ein paar Tage darauf das Thermometer bis auf minus 40 Grad Celsius fiel, überwand ich meine Bedenken und schlüpfte hinein.

Ach, die Jugend ist leichtsinnig und vergesslich! Mein tiefer, aufrichtiger Schmerz um meinen Wohltäter wurde mit dem knospenden Frühling ruhiger, und als der Sommer alle Wege, auf denen ich dahinfuhr, mit seiner Pracht verschönte, hatte die schmerzliche Trauer der innigen Dankbarkeit, der teuren, heilig gehaltenen Erinnerung, die noch in der Brust des Sechzigjährigen wohnt, Platz gemacht.

Es gelang mir, mich beliebt zu machen, und daher ging es auch mit meinem Geschäfte vorwärts. Ich liebte meinen Beruf, freute mich meines Lebens und dachte mit frohem Herzen daran, dass ich nun – Dank sei Lars – auch meinen Geschwistern helfen könnte. Ich kann nicht beschreiben, wie stolz ich war, als ich zum ersten Mal auf eigenem Wagen in mein Heimatdorf einfuhr. Es war im September desselben Jahres. Ich hatte mein bestes Zeug angezogen und mir zu diesem feierlichen Tage eine Klatschpeitsche zu zwei Talern gekauft. So fuhr ich denn, stolz wie ein König, die Dorfstraße entlang und klatschte so mit der Peitsche, dass Pålle, der gar nicht an so etwas gewöhnt war, missbilligend den Kopf schüttelte. Ach, da zogen ja die Dorfkühe aus, und hinter ihnen ging eine neue Auflage meiner selbst, ein zerlumpter Knirps in zu großen Holzschuhen und der geflickten Jacke eines breitschulterigen Mannes. Der Kleine betrachtete mich neugierig. Oh, wie groß fühlte ich mich in diesem Augenblicke.

»Komm her, du Kleiner!«

Er kam und ich gab ihm sechs Schillinge. Die Erinnerungen stürmten auf mich ein.

»Bist du bange vor dem Stiere, Junge?«

Er trat näher an den Wagen heran und flüsterte ängstlich:

»Ja, Herr Gott, ganz schrecklich, aber sagt's nicht weiter, Herr.«
Hopp Pålle.

Ich kehrte in jedem Hause ein. Geschäfte machte ich freilich nicht dabei, desto mehr aber freute sich meine jugendliche Eitelkeit an den überraschten Ausrufen: »Nein, seht, was für ein feiner Kerl aus ihm geworden ist!« und »Nein, ist es wirklich möglich, dass Jöns im Hagens Bub' es soweit gebracht hat?«

Ich besuchte meine Geschwister. Hanna war 17 Jahre alt und diente für Kost und Lohn; Johannes war 15, er war Ostern eingesegnet worden und hatte gleich darauf das Haus des Dragoners, der ihn auf der Auktion gekauft hatte, verlassen. Jetzt diente er bei einem Großbauern, wo er ein wenig mehr von der Landwirtschaft lernen konnte, als es auf der Soldatenhäuslerei der Fall war. Mehr als Kost und abgelegte Kleider bekam er in den ersten zwei Jahren nicht, aber er war doch frei und konnte selbst über sein Schicksal bestimmen. Ich gab ihnen neue Kleider und Taschengeld. Doch Klein-Emma war leider erst elf Jahre alt, sie musste ihr Sklavenleben noch einige Jahre lang führen. Doch sie freute sich über ein großes Stück Brustzucker mehr als die andern über ihre neuen Sachen, und ich erfuhr später, dass ein seidenes Kopftuch, das ich ihrer Bäuerin verehrte, und das Versprechen, für Emmas Kleidung zu sorgen, die Stellung meiner kleinen Schwester wesentlich verbesserte.

Die Gräber? Ach, natürlich hatte sich niemand danach umgesehen! Die grünen Hügel waren eingesunken, und an der Stelle, wo meine Eltern, meiner Meinung nach, ihre letzte Ruhestätte gefunden hatten, graste die Kuh des Küsters ...

Mein Umsatz und mein Ansehen vergrößerten sich, meine Ansprüche ebenfalls, und wenn ich jetzt in einen Flecken oder ein großes Dorf kam, ließ ich mir immer in der Herrenstube servieren.

Bald nachdem ich mich zu diesem ersten Schritte in eine höhere Sphäre aufgeschwungen hatte, kam ich in einen småländischen Marktflecken. Ich saß allein an einer Ecke des langen Tisches, an dessen oberem Ende eine lustige Gesellschaft junger Leute Mittag aß. Die Herren waren in sehr heiterer Stimmung, und nach einer Weile trat der eine zu mir und sagte:

»Entschuldigen Sie, mein Herr. Mein Name ist Strömberg, Sergeant Strömberg. Sie sitzen hier so allein, wie eine Eule in einer Ruine. Wollen Sie sich nicht zu uns setzen?«

»Danke sehr, ich bin der Händler Nils Jönsson.«

So wurde ich denn dem Postassistenten und dem Gerichtsschreiber, einem Gendarm und noch zwei anderen Herren vorgestellt. Wir tranken mehrere Flaschen Punsch, eine Ware, die ich nicht »führte« und die ich bisher nur vom Hörensagen gekannt hatte. Schon bei dem zweiten Glase wurde mir zum ersten Mal in meinem Leben »Brüderschaft« angeboten. Diese Ehre ist mir später noch oft widerfahren, doch nie wieder hat sie solchen Eindruck auf mich gemacht.

Anfangs waren wir freilich nur Halbbrüder, sie nannten mich »du« und ich sagte in meiner Blödigkeit »Herr« zu ihnen, doch als wir die zweite Flasche geleert hatten, fand ich mich in die Situation und duzte sie, als müsste es so sein.

Dann wurden Karten herbeigeholt, die Kellnerin brachte mehr Punsch und – der Saal schrumpfte zusammen und wurde so schrecklich klein – und meine neuen Brüder drehten sich im Kreise – und dann wurde es mir schwarz vor den Augen.

In der Nacht erwachte ich in einem feinen Bette, dessen Oberlaken mit gehäkelten Spitzen besetzt war, und es war mir, als würde in meinem Kopfe ein Haus gezimmert. Nach langem Suchen fand ich schließlich meinen Rock, in dessen Brusttasche ich eine Zündholzschachtel hatte. Ich öffnete mein Taschenbuch, in dem ich 400 Taler hatte, da ich in Jönköping eine verfallene Rechnung bezahlen musste. 250 Taler fehlten. »Es ist ein teures Vergnügen für einen Hausierer mit Herren umzugehen«, dachte ich bei mir selbst bei diesem Überschlage meines Spielverlustes.

Doch noch betrübter wurde ich, als ich mit wankenden Schritten meinen Freund im Pferdestalle aufsuchte. Die Stalltür stand trotz der scharfen Nachtluft offen, die Pferdedecke und das Futter waren gestohlen und Pålle hatte seit Mittag weder Nass noch Trocken bekommen. Er wandte den alten, grauen Kopf nach mir um und sah mich in dem fahlen Morgenlichte mit seinen tiefen, klugen Augen an. Mir traten die Tränen ins Auge, als ich an Lars und sein mündliches Testament in Betreff Pålles dachte.

Zwei Stunden darauf reiste ich ab, Pålle hatte sich satt gefressen, mir selbst war schlecht zumute. Auf der Straße begegnete ich einem meiner neuen Brüder.

»Kreuz noch einmal, Jönsson! Danke für gestern! Schade, dass du so verwünschtes Pech hattest. Heute Abend geben wir dir Revanche!«

»Danke vielmals, aber das wage ich nicht zu trinken: Ich habe noch genug vom Punsch«, antwortete ich artig.

Ich grämte mich sehr darüber, dass mir so etwas hatte passieren können, und kam erst wieder ins richtige Gleichgewicht, als ich zu Ostern nach Bolsåkra kam, wo ich das Fest über bei meinem alten Freunde, dem Gerichtsbauern Karlsson, bleiben wollte, den ich seit zwei Jahren – so lange war Lars schon tot – nicht gesehen hatte.

Der Gerichtsbauer und ich setzten uns gleich aufs Sofa in der guten Stube und begannen ein vernünftiges Wort zu reden, während Mutter Lena uns Kaffee einschenkte. Als ich aufblickte, sah ich ein junges Mädchen durch die Wohnstubentür eintreten. Eine große, schlanke Erscheinung mit goldgelbem Haar und einem offenen, nordischen, außergewöhnlich schönen Gesicht. Ich sprang auf und drehte verlegen meine Mütze zwischen den Händen.

»Was gibt's?«, fragte der Gerichtsbauer erstaunt.

»Mamsell …?«, stotterte ich.

»Ha, ha, ha! Setz dich, Narr! Kennst du Hanna nicht mehr?«

War es möglich? Hatten zwei kurze Jahre wirklich aus der kleinen blassen Hanna ein so schönes, großes Mädchen gemacht?

Das war ein frohes Osterfest. Wir fuhren zur Kirche. Wir schmückten das Grab meines Wohltäters nach bestem Vermögen. Wir wanderten durch Feld und Wald und freuten uns an den ersten Lebenszeichen der erwachenden Natur, und als ich schließlich abreiste, war es mir, als sollte mir das Herz brechen. –

Doch viele Jahre sollten vergehen, ehe ich wieder nach Bolsåkra kam. –

Das Glück stand mir mehr bei, als ich es je zu denken und zu fassen gewagt hatte. Dass ich so lange reisender Händler blieb, war hauptsächlich die Folge einer abergläubischen Furcht, dass das Glück sich wenden könnte, wenn ich mich in einer Stadt ansässig machte.

Doch als Gustafsson hier unten in der Strandstraße Konkurs machte, der Laden frei wurde und der Konkursverwalter sich erbot, den Inventurpreis des Lagers um 30 Prozent herabzusetzen, ging ich darauf ein und habe es nie bereut.

Es ist doch merkwürdig, wie schnell man »Herr« werden kann, wenn man es ordentlich darauf anlegt. Nach einem Jahre konnte man zwischen mir und den anderen Stadtherren gar keinen Unterschied mehr finden, wenn ich – den Mund hielt. Öffnete ich ihn aber, so war meine Ausdrucksweise zu bäuerisch, ich gebrauchte Worte, die man in den besseren Kreisen nicht kennt, und viele der bei ihnen gebräuchlichen Ausdrücke konnte ich wieder nicht begreifen. Doch in feiner Gesellschaft kann man sich auch durch Schweigsamkeit empfehlen. Vor einigen Jahren war ein Assessor hier in der Stadt, der sich sowohl zum Landessekretär wie zum Reichstagsabgeordneten zu schweigen verstand.

Kleider machen Leute. Sowie ich mich hier niederließ, fing ich an, Corderoy-Beinkleider und sogar an Wochentagen eine ausgeschnittene Weste zu tragen. Ich machte Brüderschaft mit einer ganzen Menge netter junger Leute, ohne dass es mich einen Pfennig kostete, und wenn ich in einem Restaurant mein Glas Grog trank, sah es mir kein Mensch an, dass ich früher Hütejunge, Kleinknecht und Hausierer gewesen war.

Mit meinem Geschäfte konnte ich ebenfalls zufrieden sein. Anfangs warf es doch kaum so viel ab wie der alte Packwagen, doch bald hob es sich immer mehr, und wenn die Großhändler von Malmö und Gothenburg sich bei der hiesigen Privatbank nach mir erkundigten – es gab damals noch keine Kaufmannsvereine – so wurde umgehend »Fein!« geantwortet.

Es gibt nicht so viele gutsituierte Junggesellen hier auf Erden, dass man sich den Luxus erlauben kann, sie frei und ledig umhergehen zu lassen, selbst wenn sie in einer Waldhütte geboren sind und weder ein Gymnasium noch eine Universität besucht haben.

Daher kam es denn auch wohl, dass meine älteren Bekannten, die heiratsfähige Töchter hatten, mich bald auf einen Rehbraten, bald auf Haselhühner, bald auf Krebse in aller Einfachheit einluden. Eingebildet bin ich nie gewesen, doch, da Papa bei solchen Einladungen stets plötzlich einige wichtige Briefe zu schreiben hatte und die Mama »einen Augenblick« in die Stadt musste, so dass ich stundenlang mit dem geliebten Kinde allein blieb, ist es wohl verzeihlich, wenn ich glaube, dass sie gegen eine Verwandtschaft mit mir nichts einzuwenden gehabt haben würden.

Glaubt nicht, dass ich für die Reize der Mamsell Tochter unempfindlich war. (Der Fräuleintitel kam dazumal nur adligen Damen zu und bürgerte sich erst zehn Jahre später in unseren Kreisen ein.) Damit würdet ihr mir sehr unrecht tun. Doch trotz aller Freundlichkeit und Artigkeit fühlte ich mich fremd und nicht an meinem Platze. Herkunft und Erziehung schienen verschiedene Rassen aus uns gemacht zu haben. Ich war entzückt, wenn ich die schlanken, weißen Finger über die Tasten des Klaviers gleiten sah, wagte aber nicht näher zu kommen, weil ich fürchtete, die Notenblätter umwenden zu müssen. Das aber wagte ich nicht, weil ich nie habe begreifen können, wann eine Seite eigentlich zu Ende gespielt ist.

Wenn ich bei mir zu Hause, im Comptoir oder im Laden war, oder wenn mich des Nachts mein gewöhnlich vorzüglicher Schlaf einmal im Stiche ließ, kam ich oft »beinahe« zu dem festen Entschlusse, alle Bauernblödigkeit über Bord zu werfen und mich einem der feinen Mädchen mit den weißen, schlanken Fingern, den feinen, anmutigen Bewegungen, dem hellen Lachen und der gewandten Unterhaltung zu nähern. Ich war ja schon ein Stück in der Zivilisation vorgeschritten, hatte mir manche Ausdrücke, die, wie ich sah, auffielen, abgewöhnt und konnte die Karten halten, ja sogar ebenso gut »geben« und »ausspielen« wie meine Bekannten. Sollte meine Zukünftige mir nicht beibringen können, was mir noch an Bildung fehlte.

Und so malte ich, der Hütejunge, das verauktionierte Waisenkind, mir mein künftiges Leben aus; eine herrschaftliche Wohnung, in die ich mich nach vollbrachter Tagesarbeit zurückziehen konnte und wo zwei weiche, runde Arme sich um denselben Nacken legten, der so oft den kräftigen Griff von Jöns vom Nordhofes brauner Faust gefühlt hatte.

Doch fest wurzelte ich noch nicht in meiner neuen Stellung; sobald ich einer der zukünftigen Bräute gegenüberstand, erschien mir mein Entschluss unausführbar, denn wenn auch meine Schüchternheit sich mit der Zeit gab, das Gefühl der Nichtzusammengehörigkeit konnte ich nicht überwinden.

Doch – auch meine Stunde sollte kommen. Einer meiner besten Kunden war Patron Bramberg, der eine Meile vor der Stadt wohnte. Was für eine Art »Besitzer« er eigentlich war, mag Gott wissen, denn er besaß weder eine Fabrik noch ein Gut, sondern hatte von einem Obersten a.D. ein einstöckiges Haus mit einem großen Garten gemietet und lebte, der Kuckuck weiß, wovon; es hieß, dass seine Verwandten ihn unterstützten, seit sein eigenes Geschäft mit einem Krache geendet hatte.

Doch dass er lebte, war ein Faktum, und recht gut obendrein, wie ich aus den Requisitionen in meinem Laden sah.

Anfangs war ich sehr froh über den Konsum auf Björka, so hieß das Oberstengut, das nun ein Inspektor bewirtschaftete, doch meine Freude legte sich ein wenig, als sich von Liquidationen gar nichts hören ließ. Wir schickten ihm also Ostern noch einmal das volle Kontobuch, und ein paar Tage darauf kam er in die Stadt. Er suchte mich im Laden auf, lud mich zum Mittag auf dem Ratskeller ein, war bei ausgezeichneter Laune, bat mich, ihn Onkel zu nennen, und sagte beim Abschiede:

»Es ist ja wahr! Unsere Geschäfte, mein Junge! Nun, *die* muss ich ein andermal abmachen!«

Mitte Mai, als sein Schuldkonto sich durch neue Requisitionen ansehnlich vergrößert hatte, erlaubte ich mir, ihm einen außerordentlich artigen Mahnbrief zu schreiben.

Am nächsten Tage trat »Onkel« Bramberg wieder bei mir ein, doch nicht allein, sondern mit seinen drei Töchtern. »Meiner einzigen Freude im Leben, seit der Tod mir meine geliebte Frau genommen hat!«

Die Bramberg'schen Mädchen waren eine kleine Geschwisterkette, in der jeder Ring wie ein Edelstein glänzt und doch jeder für sich die andern an Schönheit zu übertreffen scheint. Mit ihnen verglichen waren unsere Stadtdamen rein gar nichts. Sie waren alle drei vollendete Schönheiten in dem dunklen, sylphenhaften Genre, mit kaum mittelgroßer, bezaubernder, graziöser Figur, Kinderfüßen und kleinen, kleinen Händen, reinen, klassischen Zügen, blitzenden, schwarzen Augen, rabenschwarzem, so reichem Haar, dass man sich wunderte, wie der feingebogene Hals eine solche Fülle tragen konnte. Das Einzige, was nicht schön war, war der gelbe Teint, der auf physische Schwäche hindeutete, doch dadurch wurde das Gesicht vielleicht noch interessanter.

Ihr Alter! Ja, das mag Gott wissen! Die Älteste konnte den einen Augenblick wie 30, den andern wie 19 aussehen. Einmal redeten sie, als hätten sie die ganze Welt und ihre Herrlichkeit gesehen, und dann waren sie wieder so naiv wie ein Backfisch.

Ich verlor schon vollständig den Kopf, als der Vater mit ihnen in den Laden trat und sie mir alle drei vorstellte, und es wurde nicht besser, als er mich bat, mit ihnen abends ins Theater zu gehen. Das Souper von vier warmen Gängen und Champagner, das ich nach dem Theater im Ratskeller spendierte, war auch nicht dazu angetan, mir Kopf und Herz wieder auf den rechten Fleck zu setzen.

In unserer Stadt geht es altmodisch-einfach, ehrbar und vernünftig her, und früher vielleicht noch mehr als heutzutage. Was mich betrifft, so ließ ich an dem Abende zum ersten Mal in meinem Leben einen Champagnerpfropfen springen.

Obgleich die Bramberg'schen Mädchen hoch über allen Damen standen, die ich bisher gesehen hatte, waren sie doch so gewandt und verstanden sich den Umständen und den Personen, mit denen sie es zu tun hatten, so anzupassen, dass ich mich in ihrer Gesellschaft viel freier und ungenierter fühlte, als wenn ich mit einer unserer Stadtdamen zusammen war. Und als ich des Nachts heimschwankte, glücklich über die Einladung, sie auf einige Tage zu besuchen, wäre ich erstaunt gewesen, wenn mir jemand gesagt hätte, dass ich je eines der hiesigen Mädchen hätte heiraten wollen.

Es dauerte jedoch – weshalb weiß ich heute noch nicht – drei volle Wochen, ehe ich mich nach Björka begab. Ich sehnte mich dorthin und doch fürchtete ich mich davor. An einem herrlichen Sommertag in der Mitte des Juni fuhr ich endlich hin. Keiner erwartete mich, doch schon auf dem Hofe kamen mir die drei Mädchen in hübschen, frischen Kleidern entgegen, ich wurde gebeten mich an den gerade fertig gedeckten Frühstückstisch zu setzen, auf dem nicht die geringste Veränderung vorgenommen wurde, und doch war das Frühstück so, dass man es einem Regierungspräsidenten hätte vorsetzen können.

Das Menschenherz ist ein wunderliches Ding. Diese außerordentlich korrekte Toilette, ohne dass Besuch erwartet wurde, das ordentliche und behagliche Heim, dieses feine Frühstück auf reinem Tischtuche, die ruhige Freundlichkeit, mit der man mich empfing, ohne dass meine Ankunft die geringste Spur des Aufstandes zeigte, den ein unerwarteter Gast in einem ärmeren Hause hervorruft – alles dieses stieg dem Häuslerjungen zu Kopf und machte ihn, der bisher nicht gewusst hatte, was Nerven sind, nervös. Die Umgebung und die Gewohnheiten, in der und mit welchen ein Mensch heranwächst, drücken ihm unwillkürlich ihren Stempel auf; ein von Kindheit an sorgfältig erzogenes, in verhältnismäßig reichem Heim groß gewordenes Geschöpf kann weder ebenso empfinden, noch ebenso denken, wie derjenige, welcher sich als Kind in schmutzigem, zerrissenem Hemde zum Essen niedergesetzt hat, bei dem der Hering in die schwarzen Finger genommen und die Schuppen an der Hose abgetrocknet wurden.

Da saß ich nun in Liebes-, Neides- und Aufregungsqualen und musste von meinen eigenen, noch unbezahlten Konserven essen. Doch Brambergs verstanden es ausgezeichnet, ihre Gäste zu amüsieren. Wir gingen durch den Garten, ruderten auf dem See, tranken auf einem schattigen Halme Himbeersaft und Vichywasser, und die Mädchen zwitscherten um mich her wie die Vögel nach einem belebenden Frühlingsregen. Beim Mittagsessen war ich so strahlend glücklich wie ein naives Naturkind. Wir tranken Portwein, und ich blickte durch die sonnenbeschienenen Fenster der Glasveranda und fragte mich verwundert, ob dies wohl dieselbe Welt sein könnte, in die ich von meinem Comptoirfenster in der Stadt zu blicken pflegte.

Der Bauernjunge in mir wurde ganz närrisch und wild, er berauschte sich an schönen Augen, dem milden Sommerabend und einigen kleinen Gläsern alten Portweins! Ich musste mir förmlich Gewalt antun, um nicht die Absätze zusammenzuschlagen und »Heisa!« zu rufen. Gott im Himmel allein weiß, wie es zuging, aber an jenem Abende hielt ich eine Mamsell Bramberg in den Armen und küsste eine gelbliche Wange und ein dünnes, rotes Lippenpaar, das mich noch ärger berauschte als die Sommerluft und der Portwein. Der Alte war es nicht, doch war es Anna, Emmy oder Julie? Ich war in alle drei verliebt.

Es war Emmy.

Am nächsten Morgen Schlag acht Uhr trat Onkel Bramberg zu mir ins Fremdenzimmer, setzte sich an mein Bett und sagte:

»Guten Morgen, mein Junge! Du gehst im Sturmmarsch vor! Wer hätte sich so etwas denken können. Meine kleine Emmy!«

Ich schämte mich wie ein begossener Pudel und hatte keine Ahnung, was man einem liebevollen Vater bei solcher Gelegenheit sagen muss. Ich richtete mich im Bette auf, versuchte mich im Sitzen zu verbeugen und begann:

»Ach Onkel, entschuldige ...«

»So, so, Gott segne Euch!«, sagte er freundlich und sprach davon, dass er heute einige Mittagsgäste erwarte.

»Ihr beide wäret natürlich lieber allein geblieben, doch es ließ sich nicht mehr ändern.«

Ich habe, Gott sei Dank, nie einen Krieg mitgemacht, aber ich glaube, ich weiß doch, mit welchen Gefühlen man einer Batterie mit brennenden Lunten entgegengeht. Es muss ebenso sein, wie mir zumute war, als ich an diesem Morgen in Björka zum Frühstück gehen sollte. Himmlischer Vater! Durch die Tür sah ich sie alle drei. Ich blieb am Ofen stehen und machte eine tiefe Verbeugung. Da schwebte Emmy heran, erhob das schöne Antlitz, bot mir die Lippen und flüsterte:

»Papa hat ja mit dir gesprochen, und die Schwestern wissen es auch schon.« Dann kamen die Schwägerinnen, und ich teilte rechts und links Küsse aus. Ich, Jösse im Hagens Junge, küsste die schönen, feinen Mädchen, Emmy auf den Mund, die andern auf die Wangen, die Stirn und wohin es grade kam. Das Bauernblut in mir war auf dem Siedepunkte, meine Pulse klopften und ich presste die feinen Gestalten fest an mich.

Der Vormittag verging, war aber merkwürdigerweise lange nicht so angenehm wie der vorhergehende Tag. Es wurde Mittag und die Gäste erschienen, Gutsbesitzer Trolling mit Frau und Töchtern und seinen Söhnen, Assessor Trolling und cand. med. Trolling, Präpositus Lundin mit Frau, Tochter und Sohn, einem neugebackenen Leutnant, der stellvertretende Amtsrichter Assessor Karell mit Mutter und Schwester, ein Referendar und zwei junge Rechtsanwälte.

Da das große Ereignis des Tages vorläufig noch tiefes Geheimnis bleiben sollte und also keiner der Gäste die leiseste Ahnung davon haben konnte, werden sie sich natürlich alle gewundert haben, was ich eigentlich in diesem feingebildeten Kreise sollte. Ich saß freilich neben Emmy, doch ich muss eine sehr alberne, um nicht zu sagen, lächerliche Figur abgegeben haben. Ich wusste gar nicht, was ich eigentlich mit ihr reden sollte, während die andern jungen Herren ihr mit glühenden Blicken zutranken und sie mit mir unverständlichen Anspielungen und Artigkeiten überhäuften!

Doch das Diner sollte nicht ohne Unglücksfall vorübergehen. Kein Verschlucken, keine Ohnmacht, nein etwas für mich viel Schlimmeres!

In unserer Stadt ging es, wie ich schon erwähnt habe, einfach und kleinbürgerlich her, und etwas so Modernes, wie Spülnäpfe beim Mittagessen, war mir dort bisher noch nicht vorgekommen. Ja, wohl große Wannen, um die Gläser zu spülen, wenn an kleinen Tischen gegessen wurde, aber nicht kleine blaue Glasnäpfe, in denen Zitronenscheiben schwimmen. Als nun das Stubenmädchen jedem ein solches kleines, blaues Ding hingesetzt hatte, nahm ich, der ich sonst gar nicht für berauschende Getränke war, es zwischen beide (!) Hände und leerte es bis auf den letzten Tropfen, worauf ich mich zu meiner Emmy wandte und mit liebevollem Lächeln zärtlich flüsterte:

»Schön, sagte Gustava vom Küssen!«

Meine Liebste wurde leichenblass und biss sich wortlos auf die Lippen, doch die jungen Herren sahen mich freundlich lächelnd an.

Nach dem Kaffee spielten wir »Eins, zwei, drei – das letzte Paar herbei!« im Garten. Nachdem ich mir Emmy einmal eingefangen hatte, gelang es natürlich keinem der andern Herren sie mir wieder abzujagen, dazu war ich zu oft mit Stier-Olle um die Wette gelaufen. Doch ich muss wohl mehr hurtig als graziös gewesen sein, denn wenn ich mit Emmy nach einer solchen Jagd zurückkehrte, so sah ich jedes Mal, dass alle Gesichter, die meiner Braut und meiner Schwägerinnen ausgenommen, vor Vergnügen strahlten.

Als die Dämmerung einbrach, sollte im Saale getanzt werden. Taktfest war ich, das weiß ich, und einen sicheren Tänzer hat eine Dame wohl selten gefunden. Doch auch damit war es wie verhext, denn als wir einmal den Saal rund getanzt hatten, sah Emmy mit feuchtem Blick zu mir auf und flüsterte:

»Lass uns lieber ein bisschen in den Garten gehen!«

Was war ihr nur, warum hatte sie Tränen in den Augen? Ich sah mich um, konnte aber keinen Grund dafür entdecken, denn alle die Übrigen sahen zufrieden und vergnügt aus. Emmy war wie ausgetauscht, wenn sie mit den andern jungen Herren sprach! Die ruhige, beinahe herablassende Freundlichkeit, mit der sie mich behandelte, verschwand, sie wechselte unaufhörlich die Farbe, die schwarzen Augen blitzten und in dem hellen Lachen war ein Ton heimlichen Einverständnisses!

In jener Nacht tat ich kaum ein Auge zu, sah aber doch klarer als am hellen Tage. Ich sah ein armes, schönes, feines Mädchen, das sich für einen Spottpreis an einen Bauernjungen verkaufte, einen Preis, der für sie viel zu gering war, mir aber schließlich zu teuer werden konnte. Liebte ich sie überhaupt wirklich? Nein, ich hatte mich an schönen Augen und schwarzen Flechten berauscht; doch nur der Zufall hatte mich mit Emmy zusammengeführt, es hätte ebenso gut Julie oder Anna sein können. Wie würde unsere Ehe wohl ausfallen?

Nein, nein; dies war, wie Händler-Lars zu sagen pflegte, ein »unsicheres Geschäft«; ich musste ein ernstes Wort mit dem alten Bramberg reden.

Um acht Uhr stand ich auf und ging ins Freie. Als ich über den Hof ging, sah ich, dass in Herrn Brambergs Schlafzimmer die Rollos schon aufgezogen waren. Er musste also schon auf sein, obgleich wir erst spät ins Bett gekommen waren. Ich trat an das offene Fenster, um ihm Guten Morgen zu sagen. Das Zimmer war leer. Ich ging weiter, ohne ein bestimmtes Ziel im Auge zu haben und plötzlich tauchte Brambergs helle Sommerjoppe vor mir auf.

»Guten Morgen, mein Junge! – Oh wie schön ist's im Schoße der Natur!«, summte der gute Patron.

»Ich … ich … ich möchte ein paar Worte mit dir sprechen, Onkel ...«

»Schieß los, mein Sohn!«

»Ich weiß nicht recht, wie ich anfangen soll ...«

»Ja so, auf die Art! Für solche Fälle will ich dir ein gutes Rezept geben, lieber Nils, fange beim Ende an, mein Junge! Oder mit anderen Worten: Zur Sache! Dadurch erspart man sich Zeit, Atem und Verlegenheit.«

»Nun, dann in Gottes Namen. Ich glaube nicht, dass Emmy und ich für einander passen und ...«

»Hoho! Drückt der Schuh da! Schon beim ersten Zwist, was? Ein wenig Eifersucht am Ende? Sei kein Narr, Nils; Emmy kennt die jungen Herren schon jahrelang; und überdies « – hier legte er mir die Hände auf die Schultern und sah mich fest an –, »wenn auch vieles in meinem Hause anders ist, als es eigentlich sein müsste, so sind doch die Töchter des alten Bramberg ohne Falsch. Ihre Erziehung ist vielleicht das Einzige, was mir hier auf Erden gelungen ist, doch infolge derselben haben sie auch solche Grundsätze, dass ihnen ihr Wort heilig ist. Verstehst du mich?«

Der alte Fuchs, der verkommene Geschäftsmann, der prahlende und lügende Schwindler war wie fortgeweht, ein liebender, stolzer Vater stand vor mir; auch sein Charakter hatte also eine reine, gute Seite.

Sobald ich mich aber davon überzeugt hatte, verschwand auch meine Verlegenheit; ich redete frisch von der Leber weg und sagte ihm offen, dass ich seine Tochter weder durch Misstrauen, noch durch Vorwürfe beleidigen wollte, aber fürchten müsste, dass unsere Herkunft, Erziehung und Lebensanschauung zu verschieden sei, als dass wir je vollständig miteinander harmonieren könnten.

Ich weiß nicht mehr, was ich noch weiter alles vorbrachte. Ich erinnere mich nur, dass ich sagte, ich hätte mich lümmelhaft betragen, und dass Bramberg, der mit gesenktem Haupte neben mir ging, so rücksichtsvoll war, mir nicht zu widersprechen. Schließlich erhob er den Kopf, sah mich ein bisschen von der Seite an und murmelte:

»Glaubst du nicht, dass ich mir das alles selbst gesagt habe? Doch ich hoffte, ihr beiden Jungen würdet es euch nicht klar machen. Da du mir jedoch reinen Wein eingeschenkt hast, so will ich auch aufrichtig sein und dir sagen, dass wenn eure – die Sache hiermit zu Ende ist, Emmy nicht das Herz darüber brechen wird. Doch du musst nicht schlecht von mir denken! Ich bin alt und sorge mich um die Zukunft meiner Töchter, und ich glaubte fest, dass alles gut werden würde.«

Wir waren wieder vor dem Hause angelangt. Mit Ausnahme der Küchenregion war es noch überall still. Vor den vier Schlafzimmerfenstern der Töchter hingen noch die Rollos. Ich blickte zu den vier Fenstern hinauf, auf die Chaussee hinaus und dann Onkel Bramberg bittend an. Ich muss unbeschreiblich albern ausgesehen haben, denn seine Augen blitzten schalkhaft auf und er sagte in einem Tone, als beantwortete er eine Frage:

»Ja, das geht an, wenn du willst! Ich werde Emmy grüßen und sie von der veränderten Sachlage unterrichten.«

Eine Stunde später fuhr ich wieder in die Stadt ein. Nie in meinem Leben bin ich so verlegen gewesen! Ausgerissen wie ein Dieb, ohne Abschied zu nehmen. Braut, Schwägerin und Frühstück im Stiche gelassen!

Und doch war mir zumute, als wäre ich einer großen Gefahr glücklich entronnen.

Emmy habe ich später nur noch ein einziges Mal wiedergesehen, meine im Kontobuch stehenden 1278 Kronen 96 Öre dagegen niemals. Doch da das Glück zweier Menschen damit erkauft ist, tröste ich mich gern darüber.

Ja, *zweier*, denn auch Emmy ist glücklich geworden. Fünf Jahre später sah ich sie auf einer Eisenbahnreise in Katrineholm am Kaffeetische im Speisesaale mit einem entzückenden, zweijährigen Knaben auf dem Schoße. Sie war noch schöner geworden und ihre Augen strahlten froh und lebensmutig.

Ein schlanker, stattlicher, junger Herr suchte den beiden Kuchen aus und sah sie mit Blicken an, die keinen Zweifel darüber ließen, in welchem Verhältnisse er zu ihnen stand.

Ich schämte mich wie ein fortgejagter Hund, konnte es aber doch nicht lassen, mich der Gruppe zu nähern und mich dem Mann meiner ehemaligen Braut vorstellen zu lassen.

Und als er sich nach seinem Plaid umsah, nahm ich die Gelegenheit wahr und flüsterte verlegen, dumm und kindisch:

»Verzeihen Sie mir!«

Emmy warf einen sonnigen, liebevollen Blick auf ihren Mann, drückte mir innig die Hand und erwiderte:

»Ich danke Ihnen!«

Sie hätte mich mit Recht für dumm halten und ich ihre Antwort für Hohn auffassen können, doch das fiel uns beiden nicht ein, und haben wir je miteinander harmoniert, so muss es in diesem Augenblick gewesen sein.

Doch ich greife ja den Ereignissen vorweg. – Noch mehrere Tage nach meiner Rückkehr von Björka ging ich mit einem moralischen Katzenjammer im Hause umher. In den stillen einsamen Nächten sah ich das schöne, dunkle Antlitz vor mir. Doch (ich begreife noch heute nicht, wie es zuging) es wurde immer heller, die schweren, dunklen Flechten verwandelten sich in blonde Zöpfe, und die schwarzen, blitzenden Augen wurden milde und blau. Alte Erinnerungen tauchten auf und verschwanden wieder, und obgleich ich mich fünf Wochen lang bei keinem Menschen blicken ließ, habe ich in meinem ganzen Leben nicht mit so vielen Frauen verkehrt, wie damals in meinem einsamen Zimmer, in dem sich außer mir und den Fliegen kein lebendes Wesen befand.

Ich sah schließlich selbst ein, dass mir Zerstreuung nottat. Ich hätte mir wohl eine Badereise erlauben können, war aber nicht reich genug, außerdem noch den Schaden zu tragen, den meine lange Abwesenheit dem Geschäfte bringen konnte. So wollte ich denn nur ein paar Tage aufs Land, und an einem Sonnabendabende im Hochsommer hielt ich mit meinem Fuhrwerke auf dem sauberen Hofe in Bolsåkra.

Seit sechs Jahren hatte ich meine alten Freunde nicht gesehen, doch ihr Händedruck war noch ebenso warm und ihr Blick ebenso freundlich wie in den alten Zeiten, wenn sie auch beide recht grau geworden waren.

»Das ist einmal ein lieber Besuch! Nur herein – Patron!«

»Wollt Ihr mich nicht mehr Nils nennen?«

Neugierige Augen guckten in die Tür; ich sah größere und kleinere Köpfe, die den seltenen Gast sehen wollten. Natürlich waren alle blond, und beim Anblick des einen zuckte ich unwillkürlich zusammen.

»Das ist Elin. Sie ist jetzt siebzehn. Komm herein, Elin, und sage Nils guten Tag«, sagte der Gerichtsbauer.

Das war also die jetzt erwachsene jüngste Schwester. Ich setzte mich wieder nieder und wartete, ohne zu wissen, worauf ich wartete. Zuletzt fragte ich:

»Wo ist denn Hanna?«

»Kreuz, das ist ja wahr! Mutter, Hanna muss geholt werden. Sie ist auf dem Erntefest im Südhofe, wo um den Maibaum getanzt wird. Lars kann hinlaufen und sie holen.«

»Nein, es wäre unrecht, ihr das Vergnügen zu verderben. Wollen wir nicht lieber hingehen und zusehen?«, meinte ich.

Ja, diesem Vorhaben stand nichts im Wege.

Wir gingen durch das Tor, erstiegen den Hügel im Ochsenhagen, und hörten dort schon die Violinen vom Flusstale, in dem der Südhof lag, herauf. Dort war um die Maistange herum ein richtiger Tanzboden gezimmert worden, und das Polkatanzen, das um jene Zeit den Weg von den Salons in die Dorfschenken gefunden hatte, war gerade im besten Gange. Ich entdeckte Hanna sofort unter den Tanzenden. Hochgewachsen, blond, schlank und kräftig bewegte sie sich mit natürlicher Anmut und trug das schöne Haupt keck aufrecht. Sie sah rot und erhitzt aus, die großen, blauen Augen waren ruhig, und man konnte deutlich sehen, dass sie trotz ihrer 22 Jahre nur um des Tanzes willen tanzte.

Als die Polka zu Ende war, wollte der Vater sie rufen. Ich hielt ihn jedoch davon ab und zog ihn hinter die Bäume, wo wir Posto fassten. Ich wollte gern wissen, wie das schöne junge Mädchen sich benahm, wenn sie sich unbeobachtet glaubte.

Weshalb freute ich mich so, als sie nach Beendigung des Tanzes erst Arm in Arm mit einem jungen Mädchen am Ufer auf und ab ging und sich dann unter die älteren Frauen mischte. Weshalb lächelte ich, als mir der Vater bedauernd zuflüsterte: »Alle Burschen halten Hanna für hochnäsig! Sie will am liebsten allein sein!«

Dann wurde ein Walzer angestimmt. Ach, ich kannte ihn sofort wieder, den lieben, alten Knickswalzer!

Das Vorherengagieren war damals und ist vielfach noch heute auf dem Lande unbekannt. Das Mädchen, das beim Stimmen der Instrumente nicht »geholt« wird, bleibt unfehlbar sitzen. Deshalb eilte ich zu Hanna hin, legte den Arm um ihre Taille und flüsterte:

»Darf ich, Hanna!«

Sie zuckte tief errötend zusammen, schien mich aber sofort zu erkennen, und so tanzten wir.

Einige Studenten, mehrere Inspektoren und ein Amtsschreiber hatten sich schon vorher am Tanze beteiligt, und deshalb erregte ich als Stadtherr kein Aufsehen, umso mehr, da meine Tanzkunst hier vollständig am Platze war.

Ich tanzte viele Tänze mit Hanna, und je dunkler der Abend wurde, desto klarer wurde es mir, welches blonde Haupt durch die Macht der Jugenderinnerungen das dunkle Köpfchen mit den blitzenden Augen verdrängt hatte. Wie gut sie sich meiner und jedes Wortes, das wir Ostern vor sechs Jahren gewechselt hatten, erinnerte. Bei ihrem ruhigen Leben, das nur wenig Abwechselung brachte, konnte das Bild des Jugendfreundes ja auch nicht so schnell verbleichen.

Dem Gerichtsbauern wurde das Zusehen über, und er ging nach Hause. Wir legten erst spätabends den Heimweg zurück. Es war eine klare Sommernacht, der Mühlenfall brauste in der Ferne und die Wiesen dufteten nach Heu. Wir gingen, dicht aneinander geschmiegt. »Weißt du noch, wie du mir die Jacke trocknetest und Milch wärmtest, wenn ich im Winter mit Reise-Lars zu Euch kam?«

»Ja, Nils.«

»Weißt du noch, wie ich dich, als du noch ganz klein warst, auf Pålle setzte und dich bis zur Mühle reiten ließ?«

Sie erinnerte sich dessen noch ganz genau.

»Weißt du noch, wie wir den letzten Ostern hier über den Hügel gingen?«

»Ja, Nils, aber … das ist sehr, sehr lange her …«

Ihre Stimme bebte wie von unterdrücktem Schluchzen, und als ich aufblickte und sie ansah, waren ihre Wangen so weiß wie ihre Halskrause. Mein Herz klopfte laut vor Seligkeit. Seit sechs Jahren hatte ich den kostbaren Schatz besessen, ohne dass ich es verstanden hatte, das Schloss, hinter welchem er aufbewahrt wurde, zu öffnen.

»Doch nun bin ich wiedergekommen! Nun bin ich hier, mein liebes, süßes Mädchen!«, flüsterte ich ihr ins Ohr, drückte den ersten Kuss auf ihren kleinen bebenden Mund und schloss sie in meine Arme. Wir saßen lange so, dicht aneinandergeschmiegt auf einem Steine am Wegrande.

»Würde es dir sehr schwer werden, deine Eltern und dein Elternhaus zu verlassen?«

»Ich weiß es nicht.«

»Würde es dir in der Stadt und in den neuen Verhältnissen gefallen?«

»Ich weiß es nicht, Nils!«

»Aber meine kleine Frau willst du doch werden, mir folgen und mich lieb haben?«

»Ja, Gott segne dich, Nils, das will ich.«

Auf diese Weise ist es gekommen, dass ich, der so stolz und froh darüber war, mein eigener Herr zu sein, es nur einige Jahre blieb, um dann ihr ganz und gar zu gehören, ihr, die mir das ganze Leben verschönt und mir die aufrichtige Überzeugung beigebracht hat, das in dem Sprichworte »Gleich und Gleich gesellt sich gern« eine tiefe Wahrheit liegt.

6. »Vorwärts und aufwärts«

Wir brauchten nicht zu warten. Mutter Lena hatte mit der Aussteuer begonnen, als Hanna lesen lernte, und hatte nun schon beinahe einen Schrank mit Leinen für Elin fertig gesponnen, gewebt und genäht. »Putz und Staat, und Hemden wie Spinnengeweben und Laken, die man durch einen Fingerring ziehen kann, müsst ihr euch allein anschaffen, wenn ihr sie haben wollt. Dies hier hält, das weiß ich, denn ich habe das Meiste selbst gesponnen«, sagte sie mit berechtigtem Stolze, als sie uns zeigte, was sie für ihre Hanna zurückgelegt hatte.

Im September hielten wir Hochzeit, ein freudenreicher Tag in jeder Hinsicht. Meine Geschwister waren ebenfalls da und amüsierten sich herrlich. Bruder Johannes musste leider schon vor dem Abendbrot zu Bett gebracht werden, da er sich am Seitentische, wo die Flaschenbatterie stand, zu oft eingeschenkt hatte.

Doch noch besser als das lustige, ländliche Hochzeitsfest in dem schön gelegenen Bolsåkra, steht mir die Heimreise, die Hochzeitsreise, in Erinnerung.

Heutzutage muss man eine Hochzeitsreise ins Ausland, an den Rheinstrom, ans Mittelmeer und an die Riviera machen. Die schönen Erinnerungen bleiben in den Gasthäusern liegen oder fahren mit den Eisenbahnwagen in der Welt umher. Dazumal begnügten sich sogar Leute, die viel mehr hatten und viel mehr waren, als Hanna und ich, damit, gleich vom Hochzeitshause aus in ihr neues Heim zu reisen. Ich habe schon 4000 Kronen für die Hochzeitsreise meines Albert zurückgelegt; er soll neumodisch reisen, ich bezweifle aber, dass er und seine junge Frau sich so schön dabei amüsieren werden, wie Mama und ich auf unserer Hochzeitsreise, als wir mit eigenem Fuhrwerk und den uns von Mutter Lena mitgegebenem Korbe mit Lebensmitteln von Bolsåkra abfuhren und unterwegs nur 37 Öre für drei Flaschen Bier, die Lars Petter uns noch aus dem Kruge holte, ausgaben.

Ich kannte jede Krümmung der Landstraße, jedes Häuschen am Wege. Hier hatte ich mich, klein, mager und blaugefroren, auf dem Packwagen zusammengekauert, mich mit der Pferdedecke zugedeckt und hinter dem breiten Rücken des guten Lars vor dem Schneesturme Schutz gesucht. Hier hatte ich als Herr des Packwagens hoch oben auf dem Teertuche in dem geerbten Wolfspelze gethront, und hier fuhr ich nun in meinem frischlackierten Stuhlwagen mit zwei kräftigen Braunen, mit meiner Hanna neben mir und blickte ihr in die blauen Augen, bis ich beinahe Zügel und Weg vergaß.

Am dritten Tage nach der Hochzeit waren wir gleich nach dem Frühstücke von Bolsåkra abgefahren. Das Wetter ließ nichts zu wünschen übrig und das gelbe Birkenlaub glänzte wie Gold in der Septembersonne. Prr! Hier war meine alte Raststelle.

»Beeile dich, Lars Petter, und mache meiner Frau das Wagen-leder los!«

Jedes Mal, wenn ich »Frau« sagte, wurde Hanna dunkelrot. Ob sie sich noch nicht an ihre neue Würde gewöhnt hatte oder ob sie den Frauentitel für ein Bauernmädchen zu fein fand, weiß ich nicht, ich mochte sie nicht danach fragen.

Wir gingen an den Seestrand, benutzten das Wagenkissen als Tisch und den Wagenkasten als Buffet, und nahmen unser »erstes Mittagessen« zu Zweien ein. Die Sonne schien und die Vögel sangen. Das Wasser war klar und durchsichtig und zeigte die ungleiche Färbung, die es im Herbst annimmt, wenn die Nächte kalt werden und ein scharfer Wind bisweilen weht. Leichte Wellen schlugen ans Ufer und sprühten Funken in den lotrecht fallenden Strahlen der Sonne. Ich kann mir nicht denken, dass es am Mittelmeer schöner sein kann.

Es war ein herrliches Mahl, und nachher streckte ich mich behaglich auf dem weichen Moose aus und freute mich über Hannas abgerundete Bewegungen, als sie das Geschirr im See wusch und alles wieder in den Wagenkasten packte! Ich sprang auf und wollte ihr dabei helfen, unsere Hände berührten sich, elektrische Funken sprangen von Hand zu Hand, und wir gaben uns einen Kuss!

Zweimal bereits hatte Lars Petter gemeldet, dass die Pferde schon lange ihren Hafer gefressen hätten, ehe wir ans Aufbrechen dachten.

Als wir aber unsere kleine Stadt, die damals 4000 Einwohner, eine Tranlaterne in jeder Straße und keine Spur von Trottoir hatte, vor uns sahen, war Hanna so von der Größe, Pracht und Eleganz dieses Anblicks überwältigt, dass sie sich dicht und ängstlich an mich schmiegte.

»Oh, wie schrecklich groß und fein und vornehm, Nils! Mir wird so bange! Hier darfst du mich nie, nie allein lassen, Nils!«

Wir fuhren über den großen Markt, die Strandstraße hinunter und in den Hof hinter meinem Laden ein. Unsere kleine Wohnung – drei Zimmer und Küche – im zweiten Stock wurde erst zum ersten Oktober frei, bis dahin waren wir also auf mein Comptoir hinter dem Laden und mein kleines Schlafzimmer hinter dem Comptoir angewiesen. Das Schlafsofa ließ sich der Breite nach ausziehen und ich hatte einen feinen Spiegel für 15 Taler gekauft – das war alles.

Ich schloss die Tür nach dem Vorplatze ab, schickte meine alte Aufwärterin, die uns empfangen hatte, nach Hause, zündete die Wandlampe über meinem Stehpulte an und holte Portwein und ein Kistchen meiner besten Smyrnafeigen aus dem Laden. Und da ich damals noch kein so guter Redner war, wie ich es später geworden bin, sagte ich nur:

»Gott segne dich, mein liebes, teures Weib!«

Jetzt hatte ich ein glückliches Heim, lebte in gesicherten Verhältnissen und hätte vollständig zufrieden sein können, wenn der Mensch nicht so veranlagt wäre, dass er stets das haben will, was er nicht hat.

Als zum zweiten Male nach der Einrichtung der Stadtverordneteninstitution die Hälfte der Väter der Stadt ausschied und Nachfolger für dieselben gewählt werden sollten, fuhr der Teufel des Ehrgeizes in mich. Mitglied des Schulrates war ich schon. Doch der Eisenhändler Westergren, der mir schräg gegenüber wohnte, war Stadtverordneter und Schneider Lündell, in dessen Werkstatt nur zwei Gesellen arbeiteten, war es auch, und ich sah nicht ein – finde es auch heute noch nicht – dass sie klüger waren als ich.

Ich schäme mich beinahe, es einzugestehen. Ich, dem bisher weder Zahnweh, noch Gicht, noch ein böses Gewissen den Schlaf geraubt hatte, konnte jetzt des Nachts nicht schlafen und grübelte darüber, wie ich nur meine Hand in die städtischen Angelegenheiten bekommen könnte.

»Du musst krank sein, Nils!«, erklärte Hanna, wenn sie von meinem Hinundherwerfen im Bette geweckt wurde.

»Oh nein! Ich schlafe ja schon wieder, liebe Frau!«, antwortete ich.

Heutzutage ist es leicht, eine politische Rolle zu spielen, man braucht sich nur mit einem der Steckenpferde, Nüchternheit, Kirchenreform oder wirklichem Freisinn eingehend zu beschäftigen. Doch dazumal wussten wir Schweden von Freisinn und Nüchternheit noch gar nichts. Nach reiflichem Überlegen beschloss ich daher, mir auf dem Wege der Sparsamkeit Unsterblichkeit zu erringen. Nicht, dass ich für eigene Rechnung sparsam wurde, im Gegenteil, ich traktierte alle Bekannten, und alle einflussreichen Personen konnten in meinem Laden so sehr feilschen, wie sie wollten. Und ich bat Hanna, alles Fleisch bei Schlachter Månsson zu kaufen und jeden geforderten Preis ohne Feilschen zu bezahlen; denn Månsson hatte großen Einfluss in der Südvorstadt.

Nein, Sparsamkeit im öffentlichen Leben, Sparsamkeit mit städtischen Mitteln musste ich befürworten, um mich bemerkbar zu machen.

Deshalb stimmte ich im Schulrate gegen das Anstreichen des großen Schulsaals, wofür 57 Kronen 75 Öre veranschlagt werden sollten, und als die Sache vor den Kirchenrat kam, äußerte ich mich folgendermaßen:

»Meine Herren!

Ich habe mir die Freiheit genommen, mich im Schulrate gegen diese teure, unnütze Reparatur zu reservieren, weil meiner Meinung nach endlich einmal der Verschwendung, die bisher mit städtischen Mitteln getrieben worden ist, ein Ende gemacht werden muss. (»Gut.«) Ja, Verschwendung, meine Herren. Ich will nur an die neuen Polizeimützen zu sieben Taler das Stück erinnern; an die neue Ringmauer um den Kirchhof – die Ruhestätte der Toten, wie der Dichter so schön sagt – die gut anderthalb Fuß hätte schmäler sein können; an die viel zu großartig renovierte Pumpe auf dem Markte und an unsere Promenadenbänke, die der erste Farbenkünstler unserer Stadt mit feinster Ölfarbe anstreichen musste, obwohl es vollkommen ausreichend gewesen wäre, wenn man sie vom Armenhaus-Kalle hätte mit Leimfarbe überstreichen lassen. (»Sehr wahr!«)

Ich liebe die Kinder des Volkes, meine Herren, ich will, dass auch ihnen Aufklärung zuteil werde, und dass sie nicht mit leerem Magen in der Schule sitzen. Wenn der Herr meine eigenen Kinder das schulpflichtige Alter erreichen lässt, so sollen sie den ersten Unterricht in der Volksschule genießen und neben den lieben Kleinen aus den ärmsten Häusern auf der Schulbank sitzen. (Langanhaltendes Beifallsmurmeln unter den Vertretern der südlichen Vorstadt.)

Doch – ist es recht, durch luxuriöse Einrichtung des Schulzimmers, durch bunte Farben für mehr als ein halbes Hundert Taler die leichtempfänglichen Kindergemüter von der so notwendigen Aufmerksamkeit während des Unterrichtes abzulenken? Ist es wohl recht, die Schule schöner als das arme Heim, aus dem die meisten Volksschulkinder hervorgehen, auszustatten? Liegt nicht die Gefahr nahe, dass die Kinder sich in diesem Falle zu Hause nicht mehr wohl fühlen und auf die armen, aber ehrlichen und achtungswerten Menschen, denen sie das Leben verdanken, herabsehen werden?

Als das nunmehrige Schulhaus noch Privateigentum war, ist der jetzige Schulsaal der Speisesaal eines reichen, angesehenen

Mannes gewesen. Ich finde ihn noch heute recht hübsch. ›Doch die Farben sind verblichen‹, behauptet man. Meine Antwort darauf sei der Wunsch: Möchten die Lehren und Wahrheiten, welche kundige und gewissenhafte Lehrer in diesem Raume in die jungen Herzen niederlegen, nur nicht ebenso in einem Leben verbleichen, in dem wir schon so viel Äußerlichkeit und Schein haben, dass es unverantwortlich wäre, den Hang dazu der künftigen Generation schon in der Volksschule einzuimpfen!« (»Sehr gut!«)

Der Schulrat, mit dem Pastor an der Spitze, musste seinen Antrag zurückziehen; meine Reservation wurde gebilligt, und der Schulsaal wurde noch acht Jahre lang so verräuchert und hässlich, wie er war, benutzt, bis ich ihn einmal an meinem Geburtstage für die doppelte Summe neu herrichten ließ und dafür als »Freund und Beförderer der Aufklärung« im Wochenblatte gepriesen wurde.

Doch als ich an jenem Abende von der Sitzung nach Hause ging und auf der Straße im Dunkeln »die Volksmeinung« über mein Auftreten hörte, genoss ich zum ersten Male den berauschenden Trunk der Popularität.

»Patron Jönsson ist ein Freund der Sparsamkeit und ein Mann des Volkes!«, sagten die Vorstädter.

»Wer, zum Kuckuck, hätte sich denken können, dass Jönsson so das Maul aufreißen kann!«, hörte ich einen unserer Préférencespieler vom Ratskeller auf der Treppe zu einem Bekannten sagen.

Oh, wie ich mich freute!

»Er redete wirklich gut. Jönsson versteht's. Klar und deutlich, ohne ein Blatt vor den Mund zu nehmen. So muss es sein, damit man die gräuliche Verschwendung einsieht. Hast du schon gehört, dass die Stadtverordneten am Strande ein Waschhaus bauen lassen wollen, damit die Mägde sich beim Wäschespülen nicht mehr die Zehen nasszumachen brauchen?«, sagte Drechsler Nilsson zu Schneider Aslund.

Ich richtete mich höher auf und ging elastischen Schrittes heim.

»Was mag in den netten, bescheidenen Mann gefahren sein?«

»Das war doch der ärgste Quatsch, den ich je gehört habe!«

Es war der alte Pastor, der sich so mit dem Ratsherrn Ström über mich aussprach. Doch das schlug meinen Mut nicht nieder, es war ja nichts weiter als der Neid und die Bitterkeit der Besiegten!

Das neue Jahr 1865 brachte uns die große Repräsentationsreform. Schon lange vorher waren Petterson & Co., Fernlünd und Sohn, ich selbst und einige andere übereingekommen, dass wir illuminieren wollten, sobald wir die telegrafische Nachricht von der Annahme des De Geer'schen Antrages erhielten. Wer hätte da denken können, dass sich das neue Gesetz auf so viele Arten ausdeuten ließe und den Gouverneuren sowohl wie den Privatleuten viel Ärger verursachen sollte!

Das Telegramm kam, der Antrag war angenommen. Hurra!

»Seid Ihr denn verrückt, dass Ihr für einen solchen Skandal noch illuminieren wollt?«, fragte Ratsherr Ström. »Sollen die Bürger jubilieren, weil die Bürgerschaft politischen Selbstmord begangen hat?«

Pettersson & Co. machte ein bedenkliches Gesicht, kratzte sich den Kopf und flüsterte mir zu:

»Du, Jönsson, was ist das eigentlich für ein Antrag, der angenommen ist?«

»Kümmere dich nicht darum, was der Bürokrat redet, geh nach Hause und lass gleich die Lichter anzünden«, antwortete ich.

Als ich selbst die Treppe zu meiner Wohnung hinaufeilte, kam mir Hanna ganz erhitzt entgegen.

»Ich habe alle unsere Leuchter in Ordnung, sie reichten aber nicht, und so habe ich die übrigen Lichter auf leere Bierflaschen gesteckt und die Flaschen mit Seidenpapier umwickelt.«

Ich gab meinem praktischen Weibchen einen Kuss und begann die Lichter anzuzünden. Wir hatten noch ein Fenster vergessen!

Schnell noch zwei Lichter auf Bierflaschen gesteckt! Seidenpapier war nicht mehr da. Da streifte ich, mit der Geistesgegenwart, die große Männer in entscheidenden Augenblicken besitzen, meine Manschetten ab und zog sie über die Flaschen. Es sah wirklich recht nett aus.

Hanna stand grübelnd in unserer kleinen guten Stube.

»Dies kostet uns über drei Taler, Nils!«

»Ja, Hanna, aber es geschieht fürs Vaterland. Das Vaterland ist gerettet, musst du wissen.«

»Wovon denn?«, fragte Hanna; doch ich hatte keine Zeit, mich auf Erklärungen einzulassen, ich musste auf die Straße.

Dort sagten alle, dass ich, Nils Jönsson, am großartigsten illuminiert hätte und ein Mann des Volkes sei; und das »gerettete« Volk schlug an jenem Abende dem alten Baron Drakenkamp und Ratsherrn Ström, bei denen alles dunkel geblieben war, die Fenster ein.

Doch die Stadtverordnetenwahl stand vor der Tür, und man kann nie sicher sein, dass man genug für die Unsterblichkeit getan hat. Ich schickte deshalb folgendes kommunalpolitische, streng anonyme Inserat an die Redaktion des Nålköpingblattes:

»Was hat das zu bedeuten?

Unter den Revisoren der städtischen Rechnungen befindet sich der Bruder des Schwagers des zweiten Kämmereiberechners. Wird er bei der Revision der Kämmereiangelegenheiten wohl mit der nötigen Umsicht und Schärfe vorgehen? Soll hier in Nålköping alle Macht in die Hand einer Familie gelegt werden, so dass diese zuletzt die ganze Stadt regiert? Sind öffentliche Vertrauensposten in dieser Stadt gewissen Familien vorbehalten? Was hat das zu bedeuten?

Nls. J–ss–n.«

»Gratuliere! Das war ein richtig scharf und gut geschriebener Artikel«, sagt Pettersson & Co., als wir uns am nächsten Abende im Ratskeller trafen.

»Welcher?«, fragte ich erstaunt.

»Glaubst du nicht, dass wir begreifen, dass du Nls. J–ss–n bist«, riefen die Übrigen.

Überall hieß ich jetzt ein verständiger, scharfsichtiger Mann, aber ich wäre vielleicht doch noch nicht Stadtverordneter geworden, wenn nicht Eisenhändler Westergrens Frau mit ihrer Hauswirtin an demselben Tage hätte waschen wollen. Die Mägde gerieten beim Einweichen in Streit über das große Küben, und Goldschmied Valgrens Frau wurde so wütend auf Frau Westergren, dass ihr Mann, der Zeremonienmeister in der Loge war, alle »Sonnenbrüder« bereden musste, den »Stiftkrämer« bei der Wahl im Stiche zu lassen.

Am Nachmittage des Wahltages ging ich vor dem Rathause auf und ab. Da kamen Pettersson und Ström und redeten mich freundlich grinsend an:

»Gratuliere gehorsamst!«

»Wozu?«

»Zum Stadtverordneten. Westergren erhielt nur 2312 Stimmen, du hast mit 2514 gesiegt!«

»Das ist mir etwas ganz Neues! Dass man doch nie in Ruhe gelassen wird!«, sagte ich scheinbar verstimmt und eilte nach Hause.

Welche Erleichterung für den Politiker, dass er den Zwang, den er sich im öffentlichen Leben aus Klugheitsgründen auferlegen muss, im Schoße seiner Familie abstreifen kann.

Hanna sah mir meine Freude gleich an und kam mir mit liebevoller Teilnahme entgegen.

»Ist der Hering in den K. K. Tonnen nicht so schlecht ausgefallen wie du es fürchtetest?«, fragte sie.

»Etwas viel Besseres, Hanna! Ich bin Stadtverordneter geworden!«

Ihr einfacher Sinn vermochte die Bedeutung dieses Faktums nicht ganz zu erfassen, doch meine Freude machte auch sie froh; sie lehnte sich liebevoll an meine Brust und fragte:

»Wie viel Gehalt bekommt ein Stadtverordneter, Nils?«

»Hm … davon ist nicht weiter die Rede, mein Liebling; aber man hat das Bewusstsein das allgemeine Beste zu fördern, und wenn man stirbt, wird die Rathausflagge auf Halbmast gezogen und man bekommt einen Nachruf im Nålköpingsblatte.«

Jetzt war ich lange glücklich und zufrieden. Das Geschäft ging gut und zu Hause wartete meiner nur Glück und Freude. Die Kinder kamen, eines nach dem andern; sie machten uns viele Freude und entwickelten sich naturgemäß. Im Sommer waren wir öfter in Bolsåkra. Kleine Sorgen bleiben ja nie ganz aus. Die Kinder kränkelten bisweilen, doch wir haben keines von unsern Sieben verloren; nur Mutter Lena starb, als wir vier Jahre verheiratet waren.

Als Stadtverordneter tat ich alles, was in meinen Kräften stand, um das Vertrauen meiner Mitbürger zu rechtfertigen, und bei jeder Neujahrssitzung, wenn ein neuer Ausschuss gewählt wurde, erhielt ich auch drei bis vier Stimmen. Ich kann aufrichtig sagen, dass ich weder an politischen Fortschritt, noch an weitere Ehrenposten dachte, bis ich an einem Abende während des Wintermarktes mit Konsul Landelin aus Gothenburg zusammentraf.

Er war ein netter, lustiger, witziger Mann, und wir, er, Pettersson, Ström und ich waren viel zusammen. Eines Abends saßen wir auf seinem Zimmer und tranken Grog. Da sagte er plötzlich zu mir:

»Jönsson, wie kann ein so reicher, feiner Kerl wie du sich Patron nennen lassen? Jeder Schweineaufkäufer heißt ja heutzutage Patron.«

»Ja, was soll man dabei machen?«

»Nun, es wäre nicht so schwer, dich zum peruanischen Vizekonsul zu machen«, meinte Landelin.

Ich lachte darüber, aber es ging mir doch die ganze Nacht im Kopfe herum und der Patrontitel, der mich sonst immer so erfreut hatte, wollte mir gar nicht mehr gefallen.

Eigentlich sollte man deshalb nicht schlecht von mir denken. Unzufriedenheit und Streben nach etwas Besserem sind, wenn man es recht bedenkt, die wirklichen Ursachen aller Erfindungen und Fortschritte. Wäre die ganze Menschheit mit der Karre zufrieden gewesen, so hätten wir heute keinen Kurierzug, hätten unsere Urahnen sich ruhig in ihr Los gefunden, so säßen die Darwinisten noch heute im Urwalde, den Schwanz dreimal um einen Ast geschlungen. Unzufriedenheit ist die Quelle der Unternehmungslust, und meine Unzufriedenheit mit dem Patrontitel veranlasste mich, am nächsten Tage Landelin zu Ehren ein hoch nobles Frühstück zu geben.

Als wir beim gekochten Schinken mit Chambertin waren, stieß ich mit Landelin an und sagte:

»Was du gestern von einem peruanischen Vizekonsulate hier in Nålköping sagtest, war wohl nur Spaß? Ha, ha, ha!«

Er wischte sich hastig den Mund ab, legte sich die Serviette aufs Knie, sah mich mit freundlichem Ernste forschend an und antwortete:

»Durchaus nicht; ich kann dir dazu verhelfen. Ich bin selbst Generalkonsul.«

»Ist es ... wird es ... sehr teuer?«

»Nein, Freundchen! Du wirst doch nicht glauben, dass die hochlöbliche peruanische Regierung Titel verkauft.«

»Aber sieh, ich kann keine einzige fremde Sprache.«

»Lächerlich, denkst du, dass hier in eurem Neste Schiffe von Peru angesegelt kommen werden. Du musst dir nur eine Fahne anschaffen – ich werde sie dir übrigens unter Nachnahme schicken – und am Geburtstage des Präsidenten und an deinem und deiner Frau Geburtstagen flaggen. Wenn du willst, kannst du dir auch eine Uniform machen lassen.«

Das Ende vom Liede war, dass ich vier Monate später peruanischer Vizekonsul wurde und es noch heute bin. Doch so gratis war die Sache nicht, denn ich konnte Landelin die Bitte, ihm einen Wechsel auf 10.000 Kronen zu trassieren, nicht gut abschlagen, und das Jahr darauf schnitt man ihn von einem Balken auf seinem eigenen Trockenboden ab und auf seinen Nachlass wurde Konkurs erklärt. Das war wirklich ein hässlicher Streich von dem

Repräsentanten eines so geachteten Landes, das noch obendrein ein Goldland sein soll.

Ich kann nicht behaupten, dass meine Dienste als Konsul je wirklich in Anspruch genommen worden sind; nur einmal, als wir an Hannas Geburtstage geflaggt hatten, kam ein Italiener mit einem Affen und einem Leierkasten zu mir und redete ein verwünschtes Rotwelsch, von dem ich jedoch so viel begriff, dass er von mir, dem einzigen Vertreter des Auslandes, Hilfe erwartete. Ich bewies ihm mit Hilfe der Flagge, dass ich peruanischer und nicht italienischer Vizekonsul sei, aber er ließ sich nicht bedeuten.

Da es der Ehrentag meiner Hanna war und wir ein gutes Mittagessen verzehrt hatten, rührte mich sein elendes Aussehen. Ich gab ihm einen Fünfkronenschein und sagte ihm einige tröstende Worte in seiner eigenen Sprache:

»*Maladetto poveretto!* Hier haben Sie fünf Kronetto!«

7. In den Tagen der Prüfung

Jeder Stand hat seine Vorzüge, und ich beneide keinen. Ein Geschäftsmann, mit dem es vorwärts geht, braucht selbst im Anfange nicht so ängstlich auf den Schilling zu sehen und kann seiner Frau viel eher ein Seidenkleid oder neue Möbelbezüge für die gute Stube, wie es damals hieß, oder den Salon, wie man nun sagt, kaufen, als ein Beamter im Anfange seiner Laufbahn. Doch ich möchte den Beamten und den Handwerker mit dem Hausbesitzer in einer stillen Hafenstraße vergleichen, während der Geschäftsmann dem Schiffer auf dem falschen Meere gleicht, dessen Schiff den einen Augenblick stattlich auf sonnenbeglänzten Wogen schaukelt und im nächsten vielleicht als Wrack an eine unwirtliche Küste treibt.

Nålköping ist kein Handelszentrum und kein Spekulationsherd und ich will mich nicht für ein großes, modernes Handelsgenie ausgeben, doch es ist eine Tatsache, dass ich mich im Frühlinge 1881 so in der Klemme befand, wie ich es nie gewesen. Ich hatte mich nicht mit dem sicheren Ladenverdienste begnügt, sondern Wälder gekauft, und die Holzpreise sanken; ich hatte Hafer gekauft und der Markt flaute ab. Außerdem machten ein paar Geschäftsfreunde das Buch zu, und Nils Jönsson büßte dadurch nicht wenig ein.

Bei mir zu Hause war es sonnig und friedlich wie gewöhnlich; Hanna und die Kinder kamen mir des Mittags entgegen und begrüßten mich herzlich. Vor den Fenstern blühten Blumen und die Dielen waren blendendweiß. Des Mittags bekam ich stets etwas »Besonderes«, und des Abends war mir ein Lehnstuhl vor der summenden Teemaschine hingesetzt.

Auf dem Comptoire dagegen Unruhe und Sorgen, grau in grau; für jede Widerwärtigkeit, die ich besiegte, mindestens drei neue. Ich fing an zu glauben, dass es mit meinen Angelegenheiten ernstlich schief gehen würde, und wenn ich des Abends in das Licht unserer hübschen Lampe starrte, ertappte ich mich auf dem Gedanken, was unsere Einrichtung wohl auf der Konkursauktion einbringen würde. Ich ließ den Blick durch unsere sechs hübschen Zimmer gleiten und sah sie im Geiste schon mit Menschen aus allen Gesellschaftsklassen angefüllt, die über die Witze des Gerichtsvollziehers über alle unsere lieben, schönen Sachen lachten.

Ihr könnt es mir glauben, ich kenne Hanna nicht ganz, obgleich wir schon so lange verheiratet sind. Ich glaube, dass sie mir in unserer Ehe immer nur ihre Sonnenseite gezeigt hat. Manchmal, wenn ich die Treppe hinaufsteige höre ich ihre Stimme mit einem mir fremden Klang, scharf und vorwurfsvoll, recht kalt und hart, und wenn ich unvermutet ins Zimmer trete, bemerke ich zuweilen auf ihrem Gesichte einen verdrießlichen Zug, den ich gar nicht an ihr kenne und der auch sofort verschwindet, sowie sie mich erblickt. Ja, mein Herzensschatz, alles Licht, alle Freude, alle Frühlingsgefühle im Herbste des Lebens sparst du für deinen alten Nils auf und alle Wehmut, üble Laune und Verdrießlichkeiten verbirgst du ihm sorgfältig. Ich fühle, dass jede edle, feine Frau so handeln muss, wer aber hat es dich gelehrt, du einfaches, kleines Bauernmädchen? – Nun, ich wollte mich auch als Mann zeigen und meinen Kummer allein tragen; Hanna sollte nichts von der drohenden Gefahr wissen, als bis es mir entweder gelungen war, sie abzuwenden oder – das Unglück seinen Lauf haben musste.

Letzteres war das Wahrscheinlichere, und ich begann meine Geschäftsführung strenge zu prüfen. Welches Urteil würden die Konkursrichter wohl fällen? Würde ich mehr als mein Vermögen, würde ich auch meine kaufmännische Ehre verlieren? Nein, wie streng ich auch mit mir ins Gericht ging, das brauchte ich nicht zu befürchten. Nils Jönsson hatte die Beine etwas länger ausgestreckt, als die Decke reichte; aber er war ein ehrlicher Mann geblieben! Kein Schwindel! Keine Gaunerei!

Wäre ich allein gewesen, so hätte ich mich wohl bald wieder von diesem Schlage erheben können, doch mit einer Familie ist das Vonvorneanfangen nicht so leicht.

Und als ich eines Abends länger als sonst bei Tisch saß, und die Kinder dem Papa den Gutenachtkuss gegeben und uns allein gelassen hatten, da verließen mich alle meine stolzen Vorsätze, ich schloss Hanna in die Arme und schluchzte:

»Ich habe Sorgen, Hanna. Unglück, vielleicht Not, lauert auf unserer Schwelle.«

Sie schmiegte sich nur fester an mich und sagte leise:

»Ich dachte es mir, Nils. Kann ich dir denn gar nicht helfen?« Ja, das konnte sie. Eine Frau hilft ihrem Mann schon dadurch, dass sie nicht aufschreit, nicht weint, nicht ohnmächtig wird und sich nicht in Krämpfen auf der Chaiselongue windet! Seit jener Zeit sprachen wir uns des Abends immer rückhaltlos aus, wenn die Kinder zu Bette gegangen waren. Hanna war guten Mutes, tröstete mich und machte allerlei Vorschläge zur Verbesserung meiner Lage, die natürlich unausführbar waren, aber doch meinen Mut stärkten.

Da trat eines Tages ein seltener Gast in mein Comptoir. Es war der alte, geizige, hochmütige Hofmarschall, der auf Lindarås wohnte und alle Materialwaren von mir bezog, mich aber trotz meines Konsultitels so von oben herab behandelte, als wäre ich mein eigener Laufbursche.

»Sie sind aber schrecklich mager geworden, mein Bester! Sind Sie krank?«, fragte der Hofmarschall.

»Ein wenig. Womit kann ich Ihnen dienen?«

»Ich möchte gern ungestört mit Ihnen sprechen.«

Ich nötigte ihn in die gute Stube, und dort setzte er sich mit einer Miene in den besten Lehnstuhl, als hätte er die Gnade sich bei einem seiner Tagelöhner auf einen Holzschemel niederzulassen. Der hochnäsige Patron!

»Ja, sehen Sie, mein Bester«, begann er, »ich habe durch den Tod eines Verwandten ganz unvermutet 50.000 Taler auf den Hals bekommen. Verwünscht unangenehm! Ich weiß es nicht, was ich mit so vielem baren Gelde anfangen soll, denn die Depositionsrente der Banken passt mir nicht.«

»Das kann ich mir denken.« (Du möchtest wohl am liebsten Wucher damit treiben, alter Geizhals).

»Deshalb wollte ich Sie fragen – Sie verkehren ja – oder sind wenigstens mit verschiedenen Landleuten bekannt – wo ich das Geld am besten unterbringe. Unter 6 Prozent natürlich nicht. Hören Sie, von weniger als 6 Prozent darf nicht die Rede sein!«

Ich sprang vom Stuhle auf. Fünfzigtausend Taler! Damit wäre ich gerettet! Doch, du lieber Gott, welche Sicherheit konnte ich geben! Meine Hypotheken waren schon lange engagiert. – Ich nannte die Namen verschiedener Bauern aus der Nachbarschaft, die, wie ich wusste, kleiner Anleihen von zwei- bis dreitausend Kronen gegen sichere Eintragung bedurften. Der Hofmarschall zog einen zierlichen Bleistift hervor und schrieb mit seiner mageren, schmalen, weißen Hand die Namen in sein Notizbuch.

»Mein Bester, das macht im Ganzen nur 27.000, und ich habe es dabei mit 14 verschiedenen Personen zu tun … Wissen Sie keinen Geschäftsmann, der gegen *gute* Sicherheit, *sehr gute* Sicherheit und natürlich nicht unter 6 Prozent, das ganze Kapital übernehmen könnte?«

Mit glühenden Wangen und unsicherer Stimme rief ich aus:

»Ja, ich kenne einen, der das Geld sehr gut brauchen kann, der ohne dasselbe vielleicht bald mit Frau und Kindern obdachlos sein wird, der auch keine Sicherheit mehr zu bieten hat, der aber durch die Summe gerettet sein und sie sicher zurückbezahlen würde.«

»Hm, hm, hm! Auf so etwas, mein Bester, lässt sich kein vernünftiger Mensch ein. Entschuldigen Sie, dass ich Ihre Zeit in Anspruch genommen habe. Empfehle mich!«

»Gehorsamer Diener!«

In der Tür wandte er mir noch einmal sein altes Raubvogelgesicht zu und fragte mit hässlichem Lächeln:

»Hören Sie, können Sie mir nicht sagen, wer derjenige ist, der in diesem Loche so gründlich in der Tinte sitzt?«

Ich war erregt, verzweifelt und schrie beinahe, alle Vorsicht über Bord werfend:

»Ich selbst, Herr Hofmarschall! Bitte, sehen Sie sich an einem armen, gebrochenen Mitmenschen recht satt, wenn Sie, wie es scheint, Vergnügen daran finden?«

Der Alte richtete sich höher auf.

»Was? Wie beliebt? Sie selbst? Und das sagen Sie mir ganz offen? Denken Sie nur, wenn ich es weiter erzählte?«

»Oh nein, davor bin ich nicht bange. Sie sind wohl herzlos und geizig, Herr Hofmarschall, aber viel zu sehr Gentleman, um dazu imstande zu sein«, antwortete ich rücksichtslos, beim Anblicke seines höhnischen Lächelns alle Besinnung verlierend.

Der Alte schloss die Tür, setzte sich wieder in den Lehnstuhl und drehte seine goldene Schnupftabaksdose zwischen den Fingern.

»Sieh, sieh! Wie war es doch noch? Ich bin also geizig? Und herzlos? War es nicht so? Aber Sie geruhen den alten Hofmarschall doch für einen Gentleman zu halten? Wirklich zu freundlich!«

Ich fühlte mich beschämt und bat um Entschuldigung.

»So, so! Sieh, sieh! Geizig und herzlos! Hat man je so etwas gehört! – Nun, wann wollen Sie die 50.000 Taler haben?«

»Ha–a–aben? Sie haben gewiss nicht gehört, Herr Hofmarschall, dass ich – –«

»Dass Sie keine Hypothek geben wollten. Oh ja, das habe ich gehört; aber wir begnügen uns mit einem kleinen Revers? Passt es Ihnen um vier Tage? Dann erhalte ich das Geld.«

Ich war wie aus den Wolken gefallen und konnte kaum ein Dankeswort hervorbringen.

Vier Tage darauf brachte er mir das Geld selbst. Mit zitternder Hand unterschrieb ich den auf ein Jahr lautenden Revers und wollte ins Comptoir eilen, um ihn bescheinigen zu lassen.

»Wohin, mein Bester?«

»Zeugen, Herr Hofm...«

»Wie ich sehe, haben Sie Ihr Siegel darauf gedrückt, und das genügt mir.«

Er nahm den Revers in die Hand, besah das Siegel und lächelte spöttisch:

»N. J. in einer Ranke. Sieh, sieh! Einfach und geschmackvoll! Sauber, aber verteufelt einfach. Ein Wappenschild, das sich leicht nachmachen und verwechseln lässt. Guten Morgen, mein Bester!«

Ich wusste nicht, ob ich ihn für seine Unverschämtheit züchtigen oder seine rettende Hand küssen sollte. Ich wählte den Mittelweg, begleitete ihn unter tiefen Verbeugungen bis an die Tür und wünschte Gottes Segen auf ihn herab.

Jubel und Freude! Die Krisis war vorüber, die Firma gesicherter als je, und nach einem Jahre bekam der Hofmarschall sein Geld zurück. Ich brachte es nach seinem Wunsche sicher auf dem Lande unter, gegen 6 Prozent, kein Öre darunter. Nur die Jahreszinsen bezahlte ich ihm bar aus. 3000 Kronen zu 6 Prozent, kein Öre darunter.

Die Liquidation fand bei mir zu Hause statt, und wir waren grade fertig, als ein piependes Geschrei sich hören ließ.

»Kleiner Nachwuchs, was?«, fragte der Hofmarschall.

»Ja, ein kleines Mädchen; acht Tage alt.«

»Sieh, sieh! So! Hm … hm … Hören Sie, mein Bester, in *Ihren* Kreisen werden solche kleine Gäste wohl bald getauft, früher als es bei *uns* Sitte ist, nicht wahr?«

»Ja–a–a. Wir wollten eigentlich schon nächsten Donnerstag …«

»Jaso, also richtig! Donnerstag! Komme da grade zur Stadt. Verzeihen Sie, alte Leute haben bisweilen sonderbare Einfälle. Bin lange auf keiner Taufe mehr gewesen. Wir sind ja nun alte Bekannte. Es geht wohl nicht an, dass ich mich selbst einlade? Was meinen Sie?«

»Herr Hofmarschall … wie kann ich Ihnen je … allzu große Ehre für uns … unendlich schmeichelhaft …«

Ich bin sonst kein Kriecher, aber damals habe ich mich wohl mehr als nötig verbeugt. Doch ich bereue es nicht. Ich bückte mich nicht vor ihm, weil er Hofmarschall war, sondern weil ich durch seine Hilfe mein glückliches Heim hatte retten können!

Ich sagte ihm also, dass die Taufe um vier Uhr stattfinden würde, und mit dem Glockenschlage hielt sein Landauer auch vor unserer Haustür. Hanna freute sich natürlich der andern Frauen wegen sehr auf sein Kommen; war aber sehr verlegen und auch ein wenig ängstlich. Ein Herr, der einen Großhändler und Vizekonsul »mein Bester« anredet, konnte imstande sein, in Jagdstiefeln zur Taufe zu kommen.

Doch nein, er kam in großer Hofgala, begrüßte alle sehr freundlich und nannte Hanna »Frau Konsul«. Er konnte also manierlich sein, wenn er nur wollte.

Der Pastor ließ beinahe das Handbuch fallen, als er den alten hochmütigen Hofmarschall, der mit keinem Menschen in der ganzen Stadt, außer dem Regierungspräsidenten, umging, bei meinem Kinde Gevatter stehen sah, und die übrigen Nålköpinger guckten sich beinahe die Augen aus.

Die Kleine erhielt den Namen Karin, und sie soll nächstes Jahr konfirmiert werden.

Der Hofmarschall stieß mit Hanna an und bat, die Kleine noch einmal sehen zu dürfen. Als Hanna mit ihr hereinkam, sah er

Klein-Karin lange an, und seine großen Falkenaugen schienen noch größer zu werden.

»Ich bin ein alter, kinderloser Witwer und verstehe mich eigentlich gar nicht auf kleine Kinder; doch erlauben Sie, Frau Konsul?«

Hanna begriff nicht, was sie eigentlich erlauben sollte, aber sie wusste, was er für uns getan hatte, und ihretwegen konnte er in unserm Hause tun, was ihm einfiel.

Da nahm er Karin auf den Arm und küsste sie grade auf den Mund, und ich sah in den Augen des Alten zwei Tränen glänzen, als er sich wieder aufrichtete.

»Merkwürdig, es schmeckt gerade so wie frische Butter!«, sagte er.

Die feinen Herren, die meine Schwiegersöhne geworden sind und meine andern Töchter geküsst haben, haben mich versichert, dass ein Kuss »himmlisch« schmeckt. Wem soll man nun glauben? Was mich betrifft, so glaube ich, dass der alte Hofmarschall mehr vom Buttern verstand, als meine Herren Schwiegersöhne vom Himmel.

Der Hofmarschall bat Hanna um eine Unterredung unter vier Augen, und als sie in das blaue Zimmer getreten waren, gab er ihr ein Leibrentenbuch und sagte:

»Liebe Frau Konsul. Das Glück ist veränderlich. Sie haben es noch nicht erfahren, und wir wollen hoffen, dass Sie es auch nicht erfahren werden! Von allen den neumodischen Ideen, die meistens gänzlich unpraktisch sind, halte ich die Leibrentengesellschaft für die am wenigsten verkehrte Einrichtung. Es liegt doch ein vernünftiger Gedanke darin. Darf ich Sie bitten, dieses Buch für Ihre Kleine von einem herzlosen, geizigen Manne anzunehmen! Es ist kein Name hineingeschrieben; wie hätte ich wissen können, dass sie grade Karin heißen sollte. Doch ich habe eine Kleinigkeit darin eintragen lassen. – Sieh, sieh! Noch mehr Wein und Torte? Nein, nein, jetzt danke ich wirklich; es wird hohe Zeit, dass ich mich auf den Weg mache.«

Nils Jönsson will sich bei keinem Menschen einschmeicheln, aber dem alten Hofmarschalle folgte ich doch barhäuptig und in meinem besten Fracke an den Wagen und legte ihm die Reisedecke um die dünnen, alten Beine.

»Danke, danke, mein Bester! Sie gefallen mir! Aufrichtig und galant! Wagen es, einem grade ins Gesicht die Wahrheit zu sagen. Sieh, sieh! Herzlos und geizig! Können Sie wissen, *wodurch* ich so geworden bin? Sieh, da hat der Schlingel wieder Ajax sich an der Deichsel scheuern lassen! Schweinhund!! Sieh, sieh!«

In Gedanken versunken schaute ich dem davoneilenden Wagen nach. Seinen Besitzer sollte ich nicht wieder sehen. Sechs Wochen darauf schlossen sich die rostigen Türen der Familiengruft, in ihren Angeln kreischend, hinter dem alten Hofmarschall.

Doch in Karins Buch war eine Leibrente von 3000 Kronen, kein Öre darunter, eingetragen und sie hat einen Hofmarschall zum Paten. Das hat sie vor meinen andern Kindern voraus, weil sie dem alten Herrn im rechten Augenblick etwas vorgeschrien hat.

8. Die Kinder

Eins ist gewiss: Erst, wenn man selbst Kinder hat, sieht man recht ein, wie sehr man von seinen Eltern geliebt worden ist. Elternliebe ist, um mich auf meine Weise poetisch auszudrücken, eine himmlische Anleihe, die der Schuldner dem wahren Gläubiger nie ordentlich zurückbezahlt. Nie im Leben wird Vater und Mutter das recht vergolten, was sie an Liebe, Nachsicht und Fürsorge an ihre Kinder verschwendet haben.

Man wächst heran, alle Gedanken, alle Interessen wenden sich der Zukunft zu, der Wissenschaft und der Freude, einem andern jungen Herzen und einem eigenen Heim. Die Eltern werden oft lange vergessen, oft wenigstens recht selten besucht, an sie schreibt der Sohn kaum anderthalb Seiten, während es ihm nicht schwer fällt, Stoff zu einem sechzehn bis zwanzig Seiten langen

Brief an eine Dame, die er kaum ein paar Monate kennt, zu finden; die Eltern müssen immer mit dem vorliebnehmen, was übrig bleibt.

Doch dann kommt auch die Stunde, da sie, die man mehr als sein eigenes Leben liebt, bleich und stöhnend lange, qualvolle Stunden zwischen Tod und Leben schwebt. Dann lernt man, was es heißt, für sein Teuerstes zittern. Und dann hörst du plötzlich ein Geschrei, das in den Ohren anderer heiser klingen mag, das für dich aber der schönste Jubelchor ist, und du hältst einen kleinen, fremden Reisenden im Arm, der doch ein Teil deiner selbst ist.

Das ist der oder diejenige, die die alten, halbvergessenen Eltern, für die du alles gewesen bist, an dir rächen wird. Dieses kleine Geschöpf wird das, was du ihnen, die dann vielleicht schon auf dem Kirchhofe ruhen, schuldig bist, bis auf den letzten Heller mit Zins und Zinseszins an Liebe, Nachsicht und Selbstverleugnung von dir fordern.

Wenn man eine solche Kindheit und Jugend hinter sich hat, wie ich, wird man weder schwärmerisch noch überspannt, aber ich kann doch sagen, dass mir die Brust zu enge wurde, als ich meinen Erstgeborenen in den Armen hielt.

Jetzt ist er es, der mein Manuskript durchsehen, die Fehler verbessern und es in Stockholm drucken lassen soll, wenn er, der Dr. med. und der Gelehrteste von uns allen ist, es nicht für gar zu unbedeutend hält!

Ja, ja, die Zeit vergeht.

Ich habe stets versucht, ein so aufmerksamer Ehemann zu sein, wie man es von einem Manne von meinem Bildungsgrade begehren kann, doch nie habe ich Hanna so hofiert, wie nach der Geburt unseres Ältesten. Sie hätte sagen können, was sie wollte, ich würde ihr gegenüber keinen Willen gehabt haben, außer in einer Sache, die ich mir gleich in den Kopf gesetzt hatte, als ich erfuhr, dass das Kind ein Junge sei.

Eines Tages rief Hanna mich und ich setzte mich zu ihr auf den Bettrand und ergriff so vorsichtig ihre kleine Hand, als wären wir beide feine Leute.

»Höre, Nils, hast du schon darüber nachgedacht, wie der Junge heißen soll?«

Ich errötete verlegen.

»Ja, Hanna, das habe ich allerdings, aber erst will ich hören, was du meinst.«

»Ich bin immer so von ›Albert‹ entzückt gewesen. In zwei Büchern, die ich gelesen habe, hat der Beste von allen Albert geheißen.«

»Sei mir nicht böse, Hanna; du hast ja am meisten Unbehagen von dem Jungen, und deshalb am meisten zu sagen. Doch ich hätte mich so gefreut, wenn du dafür gewesen wärest, dass wir ihn nach meinem armen Vater Jöns nennen.«

Hanna wurde blutrot, erhob sich heftig auf dem Ellenbogen und sagte:

»Das ist ja ein schreck … ein vortrefflicher Name, meine ich … kurz … und leicht … auszusprechen …«

Meine liebe kleine Frau! Man konnte sehen, wie unangenehm ihr der Name Jöns war, aber sie gab aus Liebe sofort nach. Ich musste mich überwinden und den Knaben Albert taufen lassen ich konnte ihr darin nicht zuwider sein.

Der Junge machte die Schule spielend durch, machte uns natürlich, wie alle andern Kinder, Unruhe und Sorgen, aber nicht eher wirklichen Kummer, als bis er sich für einen Beruf entscheiden sollte.

Die Beamten wollen gewöhnlich gern, dass ihre Söhne eine andere Laufbahn betreten sollen; sie kennen die Schwierigkeiten und Anstoßsteine ihres Berufes zu gut und hoffen, dass ein anderes Stück vom Brote der Krone weniger hart ist. Handwerker und Geschäftsleute dagegen wollen sich gern in ihrem ältesten Sohne ihren Nachfolger erziehen, denn sie können ihm die Wege ebenen, und eine gute Firma ist wahrhaftig nicht das schlechteste Erbe.

Doch es schien ebenso vergeblich zu sein, Albert hinter den Ladentisch zu stellen wie es unmöglich ist, einen Pietisten zum Besuche eines Tingeltangels zu überreden. Er wollte Arzt werden, davon war er nicht abzubringen. Mama weinte und bat, und ich war so böse, dass ich wohl drei Monate lang kein Wort mit ihm sprach. Er war da Primaner und stand vor dem Abiturientenexamen. Er litt so unter dem gespannten Verhältnisse zwischen uns, dass er mager und blass wurde. Meine Frau behauptete es wenigstens; ich meine aber, dass das angestrengte Arbeiten daran schuld war. So viel ist gewiss, er sah mich bei Tische oft auf eine Weise an, dass es mir wie ein Stich durchs Herz ging.

Ich liebte meinen Beruf über alles – nur die kleine Welt unserer Häuslichkeit stellte ich noch höher – und Alberts Halsstarrigkeit hatte mich so gekränkt, dass ich an seinem Examentage nicht einmal auf den Schulhof ging.

Mein Herz schwoll und ich lief unruhig im Zimmer auf und ab, als die angehenden Studenten mit meinem Albert in der Mitte singend bei uns vorbei nach der Strandstraße zogen, um sich bei Kürschner Bengtsson die neuen weißen Mützen zu holen. Doch ich sagte mir: »Halte die Ohren steif, Jönsson, und lass dich nicht von deinen eigenen Kindern *unterkriegen*!«

Doch als er dann an meine Tür klopfte und zögernd und unentschlossen eintrat; als er, die weiße Mütze in der Hand, mir sein Zeugnis vorlegte und ich sah, dass er in *allen* Fächern das höchste Prädikat erhalten hatte; als er mich mit Tränen in seinen großen blauen Augen ansah und mit bebender Stimme sagte: »Ich danke dir, lieber Papa, dass du mir eine so gute Erziehung gegeben hast!«, da war es mit Nils Jönssons Festigkeit vorbei. Ich weinte wie eine alte Mamsell, hätte den Jungen beinahe totgedrückt, küsste ihn und schluchzte:

»Mein lieber, lieber Junge! Werde in Gottes Namen, was du willst, nur behalte deinen Vater lieb!«

Und das hat er auch bisher getan, und er ist nun Dr. med. und mit einer Malerin verlobt. Eine von der Sorte, wie sie zu Dutzenden im Nationalmuseum umhersitzen und kopieren und dabei nicht einmal eine ordentliche Suppe kochen können. Und ich, der ich talentvolle Frauenzimmer im Allgemeinen verabscheue, bin so verliebt in sie, dass ich sie flehentlich gebeten habe, doch ja zu meinem 60. Geburtstage zu kommen.

Als unser zweiter Junge geboren wurde, sagte Hanna, sobald sie anfing, sich ein bisschen zu erholen:

»Höre, Nils, du hast es mir nun einmal angewöhnt, dass ich die Namen der Kinder bestimmen darf. Sei mir nun nicht böse, wenn ich diesen Jungen auch so nenne, wie ich will.«

Ich empfand es wirklich, dass ich nun wieder nichts zu sagen haben sollte, aber ich antwortete doch:

»Du hast so viel Schmerzen mit ihm gehabt, Hanna, dass es unrecht wäre, dir darin zuwider zu sein. Wie soll er denn heißen?«

»Ach, lieber Nils, es ist ein Einfall von mir, dass du den Namen erst bei der Taufe hören sollst.«

Das war doch wirklich zu stark; aber was wollte ich machen? Die Frauen sind bei solchen Gelegenheiten schwach und können keine Aufregung vertragen, man muss ihnen also den Willen lassen. Doch als der Pastor die Taufformel gelesen hatte und nun zur Handlung schreiten wollte, dachte ich bei mir: »Sagt er nun Ossian, Erengisle, Edmund oder Willehard, so weiß ich nicht, was ich tue!« Der Pastor nannte aber keinen dieser »feinen« Namen, er sagte: »Ich taufe dich im Namen usw. Jöns, Lars, Andreas.«

»Jöns, Lars, Andreas!« Mein Vater, Händler-Lars und der Großvater in Bolsåkra!

»Jesus, küssen Sie die Frau nur nicht zunichte!«, sagte Frau Johansson, die den kleinen Jöns an das Licht dieser Welt befördert hatte, als ich Hanna gleich nach dem Taufakte mit einer Umarmung für die Namen dankte, die sie für unsern Sohn ausgesucht hatte.

Er wurde Jöns genannt und führt also den erzplebejischen Namen Jöns Jönsson. Doch könnt ihr glauben, dass er trotz alledem als Sekundaner brennende Lust verspürte, Husarenoffizier zu werden.

Da war ich ganz verzweifelt. Auch er wollte nicht in mein Geschäft eintreten! Da ich Albert nachgegeben hatte, konnte ich Jöns nicht zwingen, das sah ich ein. Ich schwieg also und litt. Doch eines Tages trat Jöns – der Junge hat ein sehr weiches Herz – zu mir ins Comptoir und sagte:

»Verzeihe mir, Papa, dass ich dir so viel Sorge gemacht habe! Ich will dir ein gehorsamer Sohn sein.«

»Höre, Jöns, was zieht dich eigentlich so zu den verwünschten Husaren? Du wirst doch nicht blutdürstig sein?«

»Oh, nein, Papa, ich hoffe, dass wir keinen Krieg erleben«, antwortete Jöns.

»Denkst du es dir denn so schön, dich wie ein unvernünftiges Tier kommandieren und anfahren zu lassen, während du dein eigener Herr in deinem Geschäfte sein kannst?«

»Oh nein, was die Selbstständigkeit betrifft, so ...«

»Oh du mein Schöpfer, steht dein Sinn denn nur nach dem bunten Rocke und dem lustigen Leben?«

»Ja, ein wenig und dann ... dann kann ich mir nichts Schöneres denken, als frei und froh auf einem stattlichen Renner über das Feld zu jagen. Sieh, Papa, ich liebe die Pferde zu sehr und möchte so gern gut reiten können ... aber ... nun wollen wir nicht mehr davon sprechen.«

»Ein unvernünftiges Vieh hätte also die Laufbahn meines Sohnes bestimmt! Höre mich an, Jöns! An dem Tage, da du nach absolvierter Handelsschule und einem Volontärjahre in Lübeck, deinen Platz in meinem Comptoir antrittst, soll ein Reitpferd für dich in meinem Stalle stehen, ein Reitpferd, dessen sich kein Husarenoffizier zu schämen braucht.«

»Ist das wirklich wahr, lieber, guter Papa? Ja, dann will ich gern Kaufmann werden!«, sagte der Schlingel und fiel mir um den Hals.

Doch als Jöns Lars Andreas aus Lübeck zurückkam, wollte er gar kein Reitpferd mehr haben. Seine Lieblingswünsche waren nun, neue, zeitgemäße Veränderungen im Comptoire, eine Kassiererin und einen Kontrollapparat im Laden, neue Ladenfenster und eine andere Lagerbuchführung. Natürlich erfüllte ich diese Wünsche, und so war er zufrieden. Doch halt, es ist ja wahr, er wollte auch noch die Tochter von Levy & Sohn in Lübeck haben, der sein Geschäft *vis-à-vis* dem Comptoir hatte, in dem Jöns als Volontär beschäftigt gewesen war. Dieser letzte Wunsch gefiel Mama und mir nicht recht, doch wir meinten: »Der Wille des Herrn geschehe! Die Firma Levy & Sohn ist solide, und das Mädchen kann ja auch prächtig sein, obwohl sie eine Deutsche ist.« Doch als unser Jöns den Sommer darauf nach Lübeck reiste, um seine Werbung bei Levy & Sohn persönlich anzubringen, war Rebecka Levy schon mit einem Glaubensgenossen verlobt. Jetzt ist Jöns mit Emmy Lündström, deren Vater hier in Nålköping Ratsherr ist, verheiratet, und wir sind alle sehr glücklich über diese Partie. Ihr Vater ist mein bester Freund, Hanna hat bei ihr Gevatter gestanden, unsere Töchter waren ihre Schulfreundinnen und Jöns hat schon auf dem Tanzstundenball Dalkarlstanz, den man früher statt des Kotillons tanzte, mit ihr getanzt. So wissen wir also ganz genau, was wir an *ihr* haben, womit ich jedoch nichts gegen die deutsche Nation und die deutschen Frauen gesagt haben will.

Jetzt leitet er beinahe das ganze Geschäft und macht es besser, als ich es bei den Anforderungen der Neuzeit verstanden haben würde. Das verdankt er seiner gründlichen kaufmännischen Bildung, die er leichter erlangt hat, als ich das Bisschen, was ich kann, gelernt habe. Er übernimmt ein Detail nach dem andern unseres komplizierten Geschäftes; ich fühle mich in den unteren Räumen meines großen Hauses immer überflüssiger; ich fühle, wie die vielen Fäden, die mich einst an das Comptoir und an den Laden banden, mit jedem Jahre loser werden. Nur ein Band zieht sich immer fester zusammen, das Band der Liebe zwischen dem Senior der Firma und dem jungen Geschäftsführer. Das Einzige, was ich an Jöns auszusetzen habe, ist, dass er bisweilen heftig wird. Nicht zu Hause; seine Emmy kann tun und lassen, was sie will. Auch nicht im Geschäfte; ein Kunde kann ihn stundenlang aufhalten, ohne dass er eine Miene verzieht, und er kann mit dem freundlichsten Lächeln auf der Welt alle möglichen Dummheiten und Grobheiten anhören. Aber … ja, wie soll ich mich ausdrücken? Nun, ich will euch eine kleine Geschichte erzählen, damit ihr sehen könnt, was ich damit meine.

Es ist noch nicht lange her, dass die Sekundärbahn Snüsdala-Linkebo eingeweiht werden sollte. Ich war natürlich in den Aufsichtsrat der Aktiengesellschaft gewählt worden, und – alles, was wahr ist – wäre ich nicht gewesen, so wäre aus dem ganzen Unternehmen nichts geworden und die Linkebo Gießereien könnten ihre Fabrikate ebenso wie die Tolagegend ihr Korn noch heute vermittelst Lastwagen weiter befördern.

Die Bahn sollte natürlich feierlich eröffnet werden. Festzug, fahnengeschmückte Lokomotive, Blumengirlanden auf allen Stationen, der Regierungspräsident in voller Uniform und Festdinner in Snüsdala; so lautete das Programm. Das Festdinner sollte im Güterschuppen auf dem Bahnhofe stattfinden, denn in ganz Snüsdala war kein so großer Saal. Auch der König kam und aß in allerhöchsteigner Person mit uns zu Mittag, und niemand konnte sehen, dass das Lokal ein ordinärer Güterschuppen war. Denn an den Wänden war nicht ein Platz frei, auf den man seine Hand hinlegen konnte, die Damen von Nålköping, Linkebo und Snüsdala hatten sie vom Fußboden bis zur Decke mit Gardinen, Draperien, Grün, Fahnen und Blumen dekoriert. Die Bürgermeisterin hatte ihren Salon-Gipskönig Oskar hinfahren lassen und ihn auf zwei großen, bemalten Drainröhren – wie wir sie in Nålköping als Piedestal für Könige, Heidengötter und Blumentöpfe benutzen – im Fond aufgestellt. Das Kuvert kostete 30 Kronen, und die Ratskellerwirtin Frau Lünden aus Nålköping tat ihr Bestes und briet und kochte mit ihrem Stabe in einer Bretterbude auf dem Bahnhofe, was das Zeug halten wollte. Draußen war es das herrlichste Juliwetter, das man sich nur wünschen kann.

Nun, so saßen denn Sr. Majestät, der Regierungspräsident, der Adjutant, die Bürgermeister, der Aufsichtsrat – darunter ich –

und der alte Baron Sviskonkärna an einem Tische in der Mitte der südlichen Längswand, und der Schuppen war so voller Tische, dass ich nie so viele gesehen habe. In unserer Nähe waren sie so eng aneinandergerückt, dass die Lohndiener sich nur mit Mühe zwischen ihnen durchwinden konnten, denn jeder treue Untertan wollte natürlich so dicht wie möglich bei seinem Könige sitzen. Doch als wir vorher die Plätze arrangierten, blieb das eine Ende des Saales übrig, und der Bürgermeister fragte mich:

»Was fangen wir mit diesem freien Platze an, Jönsson? Unsere Frauen sehen uns durch die Glasfenster von der Güterexpedition aus.«

»Ja, lieber Trybom«, sagte ich, »wir ziehen eine Leine von einer Wand zur andern und lassen das arme, bedrückte Volk seinen König von da besehen.«

So geschah es auch, und die Leute betrugen sich sehr anständig. Der Regierungspräsident brachte ein Hoch auf den König aus, der König auf den Distrikt, der Bürgermeister auf die Bahn und ich hätte eigentlich die Aktionäre hochleben lassen müssen, bat aber den Landessekretär, es statt meiner zu tun. Dann reichte der Kammerherr dem Könige ein kleines Paket und der König gab den Bürgermeistern eigenhändig den Nordsternorden und – mir den Wasaorden.

Ich warf einen Blick nach den Glasfenstern der Güterexpedition. Dort wischte sich Hanna die Augen, und unsere beiden Töchter waren rot wie Päonien. Sie fürchteten wahrscheinlich, ich würde eine Dummheit machen. Doch im Ganzen erging es ihnen wie den Weisen aus dem Morgenlande: »Als sie den Stern erblickten, freuten sie sich in ihrem Herzen.«

Während ich nun so dasitze und auf meinen Orden schiele, höre ich auf einmal eine laute Stimme mir zurufen:

»Prosit, Nisse! Glück zu!«

Ich blickte auf. Da steht Bruder Johannes hinter der Leine mitten unter dem armen, bedrückten Volke, winkt mir mit einer kleinen blauen Flasche zu, setzt sie darauf an den Mund und trinkt einen gehörigen Schluck.

Ich hatte sieben Weingläser und drei Flaschen vor mir und Bruder Johannes bezog *sein* Kraftmittel direkt aus der Tasche. Gott hat die Güter dieser Welt so ungleich verteilt, und Johannes meinte es nicht böse. Doch ich war nicht nur betrübt darüber, dass mein Bruder hinter der Leine stand, während ich am Königstische saß, ich ärgerte mich vor allem über seinen angetrunkenen Zustand. Er war bereits in einer Verfassung, dass er sich bei einer solchen Gelegenheit gar nicht hätte sehen lassen dürfen.

Da höre ich Lärm und Wortwechsel unter der Menge, und sehe meinen Jöns, der an einem der unteren Tische saß, Johannes beim Kragen ergreifen und – ihn wie einen Hund hinauswerfen. Als ich ihm nach Tische deshalb Vorwürfe machte, antwortete er:

»Wäre es nicht schnell gegangen, so hätte es Skandal gegeben, und ich habe ihn erst freundlich gebeten hinauszugehen, Papa.« Doch dabei sah Jöns so böse und wild aus, dass ich glaube, er wäre imstande gewesen, seinen leiblichen Onkel sogar zu schlagen. – Damals hatte Johannes noch eine Erbpachtstelle, die ich ihm verschafft hatte, aber leider musste ich ihn später nach Minnesota schicken. Er liebte das Feuchte zu sehr, das Feuchte und das Starke, mein armer Bruder!

Nun wollte ich noch von unsern Töchtern sprechen; zwei von ihnen standen hinter dem Glasfenster der Güterexpedition und sahen ihren Vater an dem – von dem Zwischenfalle mit Johannes abgesehen – stolzesten Tage seines Lebens. Sie heißen Greta und Anna, sind groß und blond und alle beide verheiratet; Greta mit einem Assessor am Götahofgericht in Jönköping. Anna wartete fünf und ein halbes Jahr auf einen Architekten, der bei uns im zweiten Stocke wohnt und noch heute nicht viel verdient. Beide Greta und Anna sehen gut aus und sind einander so ähnlich, als wären sie Zwillinge. Den Haushalt führen sie ausgezeichnet, und Greta spielt sogar so gut Klavier, dass höfliche Gäste im Salon bleiben und sich nichts anmerken lassen. Doch wenn meine Anna singt: »Vierzehn Jahr, glaub' ich fast, dass ich war«, ziehen meine Gäste sich gern in die Nebenzimmer zurück, das habe ich bemerkt.

Wenn ich sage, dass solche Mädchen heutzutage leider nur selten aus einem schwedischen Hause hervorgehen, so kann man einem Vater diese Behauptung wohl verzeihen. Reinen Herzens, mit ungetrübtem Blick und Gemüt, frisch wie die Wellen des Stromes traten sie ungeküsst, unbecourt vor den Altar, ohne vorher ein Dutzend Haarlocken und einen Stapel Liebesbriefe verbrennen zu müssen. Die beiden sind Frauen, die durch ganz Schweden reisen können und nicht zu befürchten brauchen, dass ihnen an einer Straßenecke ein Mann begegnen könnte, vor dessen Blicken sie die Farbe wechseln oder die Augen niederschlagen müssten. Assessor Ründqvist und Architekt Blom haben sie ganz und gar, wie sie gingen und standen, bekommen, ohne Erfahrungen und Erinnerungen. Nun, der Assessor hat ein kleines Vermögen, und man prophezeit ihm eine gute Karriere, aber ein Adonis ist er nicht, denn seine Augen stehen mehr als erlaubt schief und sein Haar sticht ein wenig ins Rote. Doch dass Anna für den Architekten viel zu gut war, fanden wir alle. Keine Aufträge, keinen praktischen Sinn, keinen Holzverstand, keinen Begriff von Frachten, kann kaum Schmiedeeisen von Gusseisen unterscheiden, es ist ein Jammer! Er zeichnet freilich wunderschön und entwirft Pläne zu den entzückendsten Häusern, die unsere Nålköpinger sich aber leider nicht bauen lassen wollen. Nun, wenn unsere Anna nur zufrieden ist, müssen wir uns darein finden. Die Mädchen sollen ja einmal ihre eigene Häuslichkeit haben, aber es tat mir doch weh, sie hergeben zu müssen. Wenn die Söhne sich verheiraten, fühlt man es nicht so sehr, das weiß ich an Jöns. Ein Mann bleibt immer ein Mann und bestimmt den Kurs seines Lebens selbst. Ruiniert ihn seine Frau nicht und befleckt sie seinen Namen nicht, so wird er schon mit ihr fertig werden. Doch mit welchen Gefühlen gibt man seine Tochter einem fremden Manne, da man weiß, was sogar hinter den Besten steckt.

Dann kommt unsere kleine neunzehnjährige Jenny und darauf Karin, der der alte Hofmarschall einen Kuss und eine Leibrente schenkte. Sie sind beide dunkel und zierlich und scheinen einer ganz andern Rasse anzugehören als unsere beiden Ältesten. Jenny beschäftigt sich, zu meinem großen Ärger mit »den großen Zeitfragen«. Sie liest viel zu viel, redet, dass es mir wie ein Mühlrad im Kopfe herumgeht, und will eine Stelle annehmen, obgleich sie es wahrhaftig nicht nötig hat. Aber »man muss einen Wirkungskreis haben und selbstständig werden!!« Als sie zuerst mit in Gesellschaft gehen durfte, war ich außer mir über das Mädchen. Sie fand nur an Herren Gefallen, plauderte, lachte und zankte sich mit ihnen, und zu welcher Tageszeit sie auch ausging, immer wurde sie von einem Kavalier nach Hause gebracht. Später erfuhr ich durch Jöns, dass Jenny spitz und naseweis, ja bisweilen sogar grob gegen die jungen Herren ist und von ihnen für ein richtiges kleines amüsantes Scheusal angesehen wird. Gott helfe dem Kinde! Wenn sie so bleibt, bekommt sie im Leben keinen Mann. Doch wenn wir auch versammelt sind und uns mit Kindern und Kindeskindern wohlbefinden, wenn auch alles so ist, wie es sein muss und wir nichts haben, was uns bedrückt und unruhig macht, so herrscht doch keine frohe Stimmung in unserm Kreise, sobald der Rollstuhl vor dem kleinen Tisch am mittleren Saalfenster leer steht.

Wir haben jetzt eine große Wohnung, Saal, elf Zimmer und Wirtschaftsräume, und wir sind eine lebhafte Familie, denn Annas und Jöns und Emmys Kinder machen schrecklichen Lärm wenn sie bei uns sind, und wenn in den Ferien noch Gretas Kinder dazukommen, kann man kaum sein eigenes Wort hören. Doch wenn sie in die Nähe des blauen Kabinetts kommen und die Tür desselben geschlossen ist, treten die kleinen Füße von selbst leiser auf, die Stimmen senken sich zu einem Flüstern herab und die Tür wird mit liebevollen Blicken angesehen.

Wenn bei uns etwas vorfällt, an Freude oder an Leid, wenn Briefe von Greta und Albert kommen, wenn wir etwas aus der Stadt oder von Freunden hören, erhebt sich stets einer von uns, sieht nach, ob der Rollstuhl leer ist und eilt, wenn dies der Fall ist, in das blaue Kabinett, aus dem jeder Schall nur gedämpft in die andern Räume dringt.

Dort liegt hinter herabgelassenen Rollos auf dem weißen Kissen ein Gesicht, das einer schönen Frau angehört, doch der Körper, der dieses Köpfchen trägt, ist verkrüppelt und nicht größer als der eines Kindes.

Das ist unsere Eva, unsere dritte Tochter, die ein schweres Leiden gebrochen und von aller Lebensfreude ausgeschlossen hat; sie, die eigentlich unser Sorgenkind sein sollte, und es doch, wie keines der andern, verstanden hat, unsere Blicke nach oben zu wenden.

Die Ärzte sagen – nun, es ist gleichgültig was sie sagen, da sie erklären, in diesem Falle machtlos zu sein. Alles ist getan worden und nichts hat geholfen. Sie hat weder Kinderlust, noch Jugendfreude kennengelernt, von der Natur und dem Leben ist ihr nur wenig bekannt, und bisweilen verzerrt der Schmerz die schönen Züge; das Gesicht ist frisch und voll geblieben und die Augen glänzen lebhaft, man kann sich kaum denken, dass der Körper ein so abnormes Skelett ist.

Fühlt und denkt sie wie wir, obgleich sie nichts vom Leben zu erwarten und zu hoffen hat? Wir wissen es nicht. Wir haben nie bemerkt, dass der Hauch des Lebens, der in ihre kleine Freistatt dringt, sie wehmütig oder sehnsuchtsvoll stimmt. Die Knaben haben ihr alle ihre Zukunftspläne anvertraut, die Mädchen haben mit ihr über ihre Herzensangelegenheiten gesprochen, ehe Mama nur eine Ahnung davon hatte, und Evas schöne Augen haben dabei voll Liebe geglänzt, sie hat mit Interesse zugehört und die Geschwister leise mit ihrer ausgemergelten Hand gestreichelt, aber nicht den geringsten Schmerz darüber verraten, dass sie so vollständig von allem, was das Leben bietet, ausgeschlossen ist.

Ich glaube, dass die Wurzeln ihres Herzens sich allmälich von der Erde loslösen und ihr Sinn sich immer mehr nach oben wendet. Eigentlich hält sie wohl nur noch ein Band hier fest, die Liebe zu uns allen. Doch wie lange wird diese ihr noch die Flügel binden? Wie bald kann nicht dieses Band zerreißen, und sie von der Vergänglichkeit zur Ewigkeit eingehen? Es ist grausam und egoistisch, dass wir Gott bitten, sie uns zu lassen, und doch können wir nicht anders; das Sorgenkind ist der Sonnenschein unseres Hauses geworden, die kleine Hand der missgestalteten Tochter stützt uns und richtet uns auf, und wenn das flackernde Lebenslicht erlöschen sollte, so würde das beinahe ein schwererer Schlag für uns sein, als wenn einer von uns andern in voller Lebenskraft und Gesundheit plötzlich dahingerafft würde.

Eva weiß um mein Vorhaben und sagte gestern zu mir:

»Papa, ich weiß nicht, ob auch Fremde dein Buch lesen sollen oder ob es nur ein teueres Testament für Mama und uns sein wird; doch sage, es steht doch wohl viel von Gottes Güte und wunderbarer Gnade darin?«

Ich senkte den Kopf und mein altes Gesicht erglühte vor Scham.

»Leider nicht viel, Kind ...«

Ihre weichen, milden Züge verdüsterten sich und sie lag eine Weile still. Dann erheiterte sich ihr Gesicht wieder und sie lächelte:

»Das tut nichts, Vater. Seine Worte preisen ihn, und kein Mensch kann seine Lebensereignisse aufzeichnen, ohne damit einen Lobgesang zu Seiner Ehre zu schreiben!«

Und das sagte sie, die Er so hart geschlagen!

So nun ist die Uhr schon sechs, und in 20 Minuten kommt der Dampfer von Stockholm mit Mama; die mir morgen meinen 60. Geburtstag verschönern soll. Sie bringt Albert und sein Malerfräulein mit. Gott segne meine kleine Schwiegertochter, schmutzt sie uns aber das gelbe Zimmer, unser bestes Fremdenzimmer, mit Ölfarbe ein, so läuft es nicht gut ab.

Mama kommt! Was hilft es, dass man in einer Hütte geboren und alt und grau geworden ist. Man wird dadurch nicht vernünftiger. Sie, die seit dem Frühlinge unseres Lebens allein in meinem Herzen geherrscht hat, kann die Saiten desselben noch ebenso

tief erklingen machen wie damals, wenn auch die Ernte einge-
bracht ist und der Herbstwind um die eingefallenen Wangen
weht.

9. Der große Tag

Alles schläft; es war doch gut, dass mein 60. Geburtstag auf einen
Sonnabend fiel, so kann sich doch auch mein Geschäftspersonal
ordentlich ausschlafen. Doch mir lässt es keine Ruhe, dass ich
dir, lieber Leser, noch nicht Lebewohl gesagt habe, und deshalb
bin ich eine Stunde eher als Hanna aufgestanden.

Es verstand sich ja von selbst, dass wir gestern für unsere
Kinder und Freunde ein großes Mittagessen geben mussten und
in dieser Angelegenheit habe ich auch ein Wörtchen mitgeredet.
Doch um alles andere bekümmerte ich mich nicht, stellte mich
blind und taub und tat, als erwartete ich gar nichts Besonderes
von meinem Geburtstage. Ich machte ein wirklich äußerst
gleichgültiges Gesicht, wenn ich an den schon fertigen, großen
Blumenkörben vorbeiging und tat, als sähe ich weder die auf
dem Vorplatze liegenden Girlanden, noch die beiden Waschkörbe
voll bunter Papierlaternen. Wir sind jetzt im September, und als
ich gestern Morgen aus dem Schlafzimmerfenster guckte, sah ich
die Sonne klar auf uns herabscheinen. Jöns hatte meine beiden
Flaggen, die schwedische und die peruanische, hissen lassen, und
meine Schwiegertochter, die Malerin, stand mit einer kleinen
Schere an der Rosenhecke.

»Gott behüte dich!«, sagte Hanna einfach, doch in ihren Augen
konnte ich eine lange Festrede lesen.

»*Tarram, tarram, trarram, tam, ta!*« klang es von der Strandstraße herauf und über den Markt zog der Arbeiterverein, mit
der Fahne und der Blechmusik an der Spitze. Ich bin 16 Jahre
im Vorstande dieses Vereins gewesen und habe ihnen einmal
1000 Kronen geschenkt, und meine Kinder haben der Vereinsbi-
bliothek jährlich ein Dutzend Bücher gegeben.

Ich bekam ein Ständchen. Zwei Musiknummern und eine so großartige Rede, dass, wenn ein mit den hiesigen Verhältnissen Unbekannter sie gehört hätte, er mich mindestens für den König von Nålköping gehalten haben würde. Doch das bin ich nicht, Fabrikbesitzer Gråberg ist es. Der Redner war ein hiesiger Barbier, und die Rede selbst war sehr schmeichelhaft für mich, aber auch sehr freisinnig. Sie behandelte zugleich auch das allgemeine Stimmrecht, denn Arbeitervereine politisieren immer gern und Barbiere ebenfalls. Ich trat auf den Balkon und hielt ebenfalls eine Rede. Alle Vorübergehenden blieben stehen, und das Milchmädchen, das jeden Morgen die Milch von Groß-Eneby in die Stadt fährt, hielt mit dem Milchwagen dicht neben der Musik, stemmte die Hände in die Seiten und sah mich an, als wäre ich ein Wundertier.

»Freunde!

Ich weiß, dass Ihr Euch nicht über mich lustig machen wollt, doch ich weiß auch, dass das schmeichelhafte Bild, das Ihr eben von mir entworfen habt, mir nicht gleicht. Es ist deshalb nicht ähnlich geworden, weil Eure freundlichen Gesinnungen seine minder schönen Züge mit dem Mantel der Liebe zugedeckt haben. Ich will nichts daran aussetzen, und bitte Euch nur, mich immer unter diesem Bilde in Erinnerung zu behalten.

Eines ist und bleibt wahr: Ich halte viel von Euch, achte Euch aufrichtig und schätze nichts höher als *ehrliche Arbeit*, sie sei nun geistige oder körperliche Arbeit. Von einem Manne wie ich, der in seiner Jugend ärmer gewesen ist als der Geringste unter Euch, ist es ja nicht anders zu erwarten. Für das allgemeine Stimmrecht kann ich ebenso wenig etwas tun, wie ich etwas dagegen vermag. Die Sache liegt in Gottes Hand, er lenkt die Herzen des Königs und des Reichstages, dessen Mitglied Nålköpings Vertreter, unser allgemein verehrter Bürgermeister Trybom ist. Doch in dem Rahmen des schon bestehenden Grundgesetzes habe ich bereits für das allgemeine Stimmrecht getan, was ich konnte; alle meine Buchhalter haben Stimmrecht und meine alten

Hausknechte wurden bei der letzten Wahl auch in die Liste der, infolge eines Einkommens von 800 Kronen jährlich, Stimmberechtigten eingetragen, wollten aber von ihrem Rechte keinen Gebrauch machen.

Nehmt meinen herzlichen Dank! Gott segne Euch!«

Schon machte der Verein kehrt, schon war auf dem Markte alles wieder in Bewegung und der Milchwagen von Groß-Eneby fuhr weiter, da trat mein Albert, der Doktor, auf den Balkon, fest entschlossen, wie ich ihm gleich ansah, ebenfalls eine Rede zu halten.

Ich wurde wirklich bange. Denkt nur, wenn er in Stockholm von den modernen Ideen und dem dort herrschenden, schrecklichen Radikalismus angesteckt worden wäre und nun hier in Nålköping eine freisinnige Rede nach dortigem Muster hielte! Was würden die Leute denken! Was würden unsere guten Freunde Tryboms sagen, die so schrecklich konservativ sind!

Gott sei Dank! Meine Angst war unnötig, Alberts kurze Rede war sowohl vaterländisch wie konservativ!

»Ich bitte Herrn Barbier Lind und das geehrte Musikchor zu uns heraufzukommen und ein Glas mit uns zu trinken!«, sagte er mit fester, wohllautender Stimme in dem Tone innerster Überzeugung.

Als ich mich umwandte, stand Jenny da, einen Präsentierteller mit Weingläsern in der Hand. Die andern Kinder waren auch versammelt und Eva sah mich vom Rollstuhle aus mit ihren großen, milden, warmen Augen an. Ich trat zu ihr, und um mich und unsern Liebling schlang sich eine Kette ausgebreiteter Arme und manch liebevoller Mund flüsterte mir Segens- und Dankesworte ins Ohr.

Da trat Johanna, unser Stubenmädchen, in den Saal und meldete, dass draußen eine Deputation der Loge »Siebengestirn«, bei der ich als Schatzmeister fungiere, angekommen sei.

Es waren sechs Ordensbrüder, gute Freunde, die sich sonst gar nicht zu genieren pflegten, mich in den Rücken zu knuffen und zu sagen: »Du bist doch zu dumm, alter Nicke!« Nun aber benahmen sie sich ganz entsetzlich fein, hatten ihre Kommandeursschärpen unter den Sommerüberziehern angelegt und sahen mich so starr an, als wäre ich ein indischer Tongötze, oder als wollten sie sagen: »Rühre uns um Gottes willen nicht an und mache keine Witze, sonst bringst du uns um den ganzen Effekt!«

Darauf zogen sie die Überzieher aus, rückten die weißen Halsbinden zurecht und stellten sich in Positur. Der Oberzeremonienmeister gab die Losung des neunten Grades und der Unterzeremonienmeister stampfte mit dem Fuße, worauf der Meister vom Stuhl, Bruder Lündström eine Rede hielt und mir im Namen aller Ordensbrüder einen silbernen Pokal, einen richtigen Wettrennen-Pokal überreichte. Und ich kann auch nicht leugnen, dass ich für das »Siebengestirn« oft gelaufen bin, bis mir der Atem ausging, und dass ich mir an den Feiertagen in Rittertracht mit dem Schwerte zur Seite wie ein Narr vorkomme, doch wenn ich *meinen* Wettrennen-Pokal ansehe, so habe ich wenigstens den Trost, dass an demselben weder das Blut, noch der Schweiß eines abgehetzten Gaules klebt. Will der Mensch sich lächerlich machen, so mag er es mit seinem eigenen Leibe tun. Das ist seine eigene Sache und niemand kann es ihm verwehren.

Meine Antwort auf die Rede des Meisters berührte keine politischen Tagesfragen, und braucht nicht weiter angeführt zu werden.

Champagner.

Die Gratulanten drängten einander, der Regierungspräsident mit seiner Frau, der Bischof und der Dompropst kamen persönlich. Dann kam das Mittagessen mit vielen Reden. Die allerschönste hielt mein Albert. Sie hätte verdient gedruckt zu werden, doch davon will Albert nichts hören. Ich sah, wie der Bischof, der die erste Rede gehalten und sich wirklich Mühe dabei gegeben hatte, ordentlich verlegen wurde, als er von Albert so »distanziert« wurde, wie die Radfahrer sagen. Meine zukünftige Schwiegertochter, die Malerin, hatte allerliebste kleine Verse gemacht. Es ist ein großes Glück, wenn Gatten gleich Begabung und Geschmacksrichtung haben. Ich habe in meinem ganzen Leben keine Verse gemacht und Hanna ebenso wenig. Unser Jöns las alle Telegramme vor; eine ganz anstrengende Arbeit, denn es waren ihrer nicht wenige.

»Konsul Jönsson
Nålköping.
Glück auf zu den 60 Jahren! Weitere Erfolge, Glück und Freude!

Roslund.«

»Großhändler Jönsson
Nålköping.
 Sechzig bist du!
 Fried und Freud
 Und Herzensruh
 Und viel Glück dazu!

Mimmi u. Jonas in Bolsåkra.«

»Bruder Schatzmeister.
›Siebengestirn‹, Nålköping.
Klar wie der Glanz des Siebengestirns, hoch wie sein Stand an des Himmels Feste dringt der Gruß der Schwesterloge in Skunkeby an deinem Ehrentage zu dir. Heil!

Der Meister.«

»Jönsson.
Nålköping.
Die letzten Rapskuchen unbrauchbar. Schicken Sie kei- –«

»Was, zum Kuckuck, ist das?«, rief Jöns. »Tragen Sie es ins Comptoir, Wicklund.«

Und damit griff er nach dem nächsten Telegramme.

Doch als wir beim Dessert waren, kamen Rittergutsbesitzer Östberg und Gutsbesitzer Brandström zu mir und sagten:

»Entschuldige, lieber Nicke, was ist das für eine Geschichte mit den untauglichen Rapskuchen? Wohl dieselbe Sorte, die wir bekommen haben, was?«

Da aber wurde ich böse und sagte:

»Habt Ihr denn gar keinen Funken Schamgefühl in Euch, Freunde! Wollt Ihr mich in meinem eigenen Hause und noch obendrein an meinem Geburtstage in Verlegenheit setzen! Prosit, lasst uns lieber eins trinken!«

Am Abende war der Garten illuminiert und eine Bowle im Lusthause aufgestellt. Bei der Bowle wurde wieder geredet. Die Reden waren schmeichelhaft, doch die Schmeichelei war gut gemeint. Zuletzt brannte Buchhalter Wicklund ein Feuerwerk ab; das hätte er aber Mamas und meinetwegen gern bleiben lassen können, denn als die erste Rakete zischend in die Höhe fuhr, sahen wir unsere Jenny mit Dr. Persson, dem Gymnasiallehrer, innig umschlungen vor der Fliederlaube stehen, und ich muss leider annehmen, dass wir nicht die Einzigen waren, denen dieses lebende Bild auffiel.

Warum haben die Mädchen es nur so eilig? Ich sehe es kommen, dass auch Karin dem Beispiele ihrer Schwestern folgen will, und dann bleiben Hanna und ich allein. Dann stehen wir einsam da, zwei alte, verwitterte, entlaubte Bäume.

Im Lusthause wurde gesungen, überall herrschte Leben und Frohsinn; meine Gäste amüsierten sich prächtig auf eigene Hand. Ich zog mich einen Augenblick aus dem Trubel zurück und ging zu Eva hinauf.

Sie saß in dem großen Stuhle, der in ihrem Zimmer am Fenster steht und blickte zu dem klaren Sternenhimmel empor.

»Wie hell die Sterne glänzen, Kind! Sie sind mir nie so nahe vorgekommen wie heute Abend.«

Sie lehnte ihr Haupt an meine Wange und flüsterte:

»So ist es auch wohl, Papa! Wir kommen ihnen mit jedem Tage ein wenig näher, und wenn man 60 Jahre alt, oder – so gebrochen ist, wie ich, da ist es wohlgetan, mit den Blicken öfter die Entfernung zwischen uns und ihnen zu messen und öfter die Gedanken auf den Flügeln des Gebetes dorthin zu schicken.«

Ende.